KB184440

내 머릿속에
절벽
있어서

지은이

이시카와 다쿠보쿠 石川啄木, 1886~1912

본명은 하지메(一), 일본의 문인, 가인(歌人)이다. 이와테(岩手)현 모리오카(盛岡)중학교 졸업을 앞둔 1902년 17세 때 중퇴한 후, 이듬해 신시사(新詩社)의 『묘조(明星)』지에 단카를 발표하면서 문단에 데뷔했다. 1905년 첫 시집으로 신시집 『동경(あこがれ)』을 출간했다. 1909년 문예지 『스바루(スバル)』지 창간에 참여했다. 같은 해 도쿄아사히신문사(東京朝日新聞社)에 입사한 이래 『후타바테 시메이 전집(二葉亭四迷全集)』을 편집하기도 했고, 독자투고란인 아사히 가단(歌壇)을 주재하며 평론을 발표하기도 했다. 생전에 단카집 『한 줌의 모래(一握の砂)』(1910)를 출간했다. 1912년 27세로 요절한 후 생전에 준비한 단카집 『슬픈 장난감(悲しき玩具)』(1912)을 비롯하여 『다쿠보쿠전집(啄木全集)』(총3권, 1919) 등이 출판되었다. 오늘날 그의 고향 모리오카시에는 이시카와 다쿠보쿠 기념관이 있다.

엮고 옮긴이

구인모 具仁謨

연세대학교 글로벌인재학부 교수이다. 한국과 일본 사이에서 근대시와 비교문학을 공부해 왔다. 『한국근대시의 이상과 허상』(2008), 『유성기의 시대, 유행시인의 탄생』(2013), 『『오뇌의 무도』 주해』(2023) 등의 책을 썼다. 『번역과 횡단』(2017) 등 몇 권의 책에 지은이로 참여하기도 했다. 다카하시 도루(高橋亨)의 『식민지 조선인을 논하다』(2009) 등의 책과 몇 편의 일본어 평론과 논문을 옮겼다.

이시카와 다쿠보쿠 작품집

내 머릿속에 절벽 있어서

초판발행 2024년 10월 20일

지은이 이시카와 다쿠보쿠
엮고 옮긴이 구인모

펴낸이 박성모
펴낸곳 소명출판
출판등록 제1998-000017호
주소 서울시 서초구 사임당로14길 15 서광빌딩 2층
전화 02-585-7840
팩스 02-585-7848
이메일 somyungbooks@daum.net
홈페이지 www.somyong.co.kr

ISBN 979-11-5905-954-4 03830
정가 19,000원

내 머릿속에 절벽 있어서

頭のなかに崖ありて

石川啄木

이시카와 다쿠보쿠 작품집

이시카와 다쿠보쿠 지음
구인모 엮고 옮김

이 책의 저본들과 참고서는 다음과 같다.

『あこがれ동경』, 東京 : 小田島書房, 1905.
『一握の砂한 줌의 모래』, 東京 : 東雲堂書店, 1910.
『悲しき玩具슬픈 장난감』, 東京 : 東雲堂書店, 1912.
土岐哀果, 編, 『啄木選集』, 東京 : 新潮社, 1918 · 1923.
佐藤寛 編, 『啄木詩集』, 東京 : 弘文社書店, 1925.
土岐善磨 編, 『啄木隨筆集』, 東京 : 人文會出版部, 1927.
『石川啄木全集』 第1卷(歌集), 東京 : 筑摩書店, 1982.
『石川啄木全集』 第2卷(詩集), 東京 : 筑摩書店, 1979.
『石川啄木全集』 第4卷(評論, 感想), 東京 : 筑摩書店, 1982.
Donald Keene, *The First Modern Japanese : The Life of Ishikawa Takuboku*, New York : Columbia University Press, 2016.

차례

산문 335

옮긴이의 말 381

작품 찾아보기 386

프롤로그

까닭도 없이

내 머릿속에 절벽 있어서

날마다 날마다 흙더미 무너지듯

何がなしに

頭のなかに崖ありて

日毎に土のくづるるごとし

『한 줌의 모래一握の砂 – 나를 사랑하는 노래我を愛する歌』에서

幻

꿈과 이상

보아라 그대 하늘에 흘러가는 아름다운 구름 가는 곳 이상의 나라

見ずや君そらを流れしうるはしの雲のゆくへの理想のみ國

『전집 1－가고歌稿 노트』에서

천국 같은 나라에 가서 살겠노라고 우리들은 이렇게 그저 헤매고 있다

天國のやうなる國に行かむとてわれ等かくにただざまよひてあり

『전집 1-가고歌稿 노트』에서

뭐라고 신이 속삭이는 기분 괜스러운 생각 헤매며 간다

なにか神のさゝやく如きこゝちしてそゞろ思ひさまよひゆきぬ

『전집 1-가고歌稿 노트』에서

높이 드높이 내 이름을 부르면 어렴풋이도 메아리 돌려주는 숲에서 헤매었다

いと高くわが名を呼べばほのかにも木魂をかへす森に迷へり

『전집 1－가고歌稿 노트』에서

나의 숲속에 들어온 이 누굴까 높이 노래 부르며 푸른 마차 달리며

わが森に入り来るは誰ぞ高らかに歌ひ青き馬車を驅りつつ

『전집 1-가고歌稿 노트』에서

꽃 한 송이 피해서 흘러갔다 다시 만나 하얗게 새어 버린 해 질 녘의 꿈이여

花ひとつさけて流れてまたあひて白くなりたる夕べの夢

『전집 1－가고歌稿 노트』에서

넓고 넓은 하늘 한쪽 시험 삼아 비쳐 봐도 그 속의 별을 못 찾겠더라

大空の一片をとり試みに透せどなかに星を見出でず

『전집 1－가고歌稿 노트』에서

나의 젊은 날 장사 지내고 세운 비석에 입 맞추는 그대 낮에도 밤에도

わが若き日を葬りて築きたる碣にくちづく君は日も夜も

『전집 1—가고歌稿 노트』에서

단 한 번 보였다 사라져버린 별똥별 쫓으려 그대 발 구른다

ただ一目見えて去りたる彗星のあとを追ふとて君が足踏む

『전집 1—가고歌稿 노트』에서

아름다운 것 영원할 수 있다면 아름다운 마음도 죽지 않는 것일까

美しきもの永久にありとせばかかる心も死なざるものか

『전집 1－가고歌稿 노트』에서

꿈은 그렇게 사랑은 그렇게 덧없이 지나는 세상이라고 사람들은 말하지만

夢はかくて戀はかくしてはかなげに過ぎなむ世とも人の云はば云へ

『전집 1-가고歌稿 노트』에서

내일이 되면 모두 거짓 될 일일 줄 다 알면서 오늘도 왜 시를 읊나

明日になればみな嘘になる事どもと知りつつ今日もなぜに歌よむ

『전집 1－가고歌稿 노트』에서

형체 있는 것 모두 부수고 그런 다음에 바라는 대로 만들 수 있다면

形あるもの皆くだき然る後好むかたちに作らむぞよき

『전집 1-가고歌稿 노트』에서

태어난 날에 먼저 날개부터 잘린 나는 낮에도 밤에도 푸른 하늘 그린다

生まれし日に先づ翼きられたる我は日も夜も青空を戀ふ

『전집 1-가고歌稿 노트』에서

그때 본 적도 없는 크나큰 손이 내게 힘을 보태러 왔나 보더라

その時に見ゆることなき大いなる手ありて我に力添へにき

『전집 1－가고歌稿 노트』에서

넓은 하늘을 달리는 구름 누워서 보노라면 움직이기 싫어라

大空の雲の駛るをあふむきて眺めてをれば動きたくもなし

『전집 1—가고歌稿 노트』에서

남김없이 세상 온갖 즐거움 다 누려보려 오늘도 이렇게 산다

殘すことなく諸々の樂しみを貪らむとて今日もかく生く

『전집 1－가고歌稿 노트』에서

훗날 어느 해 어느 때에는 나 저 멀리 푸른 하늘을 날아보리라

何日の年何日の時にか我かのかの青空にとぶを得む

『전집 1－가고歌稿 노트』에서

이렇게 또 내 생애의 극시 한 권의 한 절을 쓴다

かくてまたわが生涯の一巻の劇詩の中の一節を書く

『전집 1－가고歌稿 노트』에서

나의 세계

세계는 잠들고, 그저 나 홀로 깨어,
섰다, 풀잎 누운 밤 어둠의 언덕 위.
숨을 죽이고 누운 대지는
나의 명령으로 가는 수레인 양,
별무리 아로새긴 밤하늘의 호탕함은
내가 쓴 삿갓인 양.

아아 이 세계, 또는 아침 바람의
빛과 더불어, 다시 예전처럼,
나의 지배를 벗어날 때 있겠지.
그러나 사람들아 알아주기를, 나의 가슴
생각의 세계, 그것이 이 세계의
모든 것을 초월한 움직일 수 없는 나라라면,
나는 슬퍼하지 않고, 또 잃어버리지 않고,
그래, 이 세계, 다시 예전처럼,
꿈틀거리는 사람의 세계가 된다고 해도.

我が世界

世界の眠り、我れただひとり覺め、

立つや、草這う夜暗の丘の上。

息をひそめて横たふ大地は

我が命に行く車にて、

星鏤めし夜天の浩蕩は

わが被たる笠の如。

ああこの世界、或は朝風の

光とともに、再びもとの如、

我が司配はなるる時あらむ。

されども人よ知れかし、我が胸の

思の世界、それこの世界なる

すべてを超えし不動の國なれば、

我悲しまず、また失はず、

よし、この世界、再びもとの如、

蠢く人の世界となるとても。

『동경あこがれ』에서

음악 소리

해는 저물고, 음악당의 시든 꽃병의 꽃
향기에 취해서 모인 사람들 앞에,
이 무엇일까, 소용돌이 가라앉은 푸른 바다가
먼 소리로 떠 와서 음색音色으로 흘러 떠 간다. —
영靈의 깃 풍성하게 흰 갈매기 춤추며 내려앉자
쳐다보면, 한 가닥 소리, 홀연히 깊은 연못
바닥의 한숨을 희미하게 꼬드겨 내어서는,
허공 저 멀리 슬픈 가락 그리워서 간다.

빛과 어둠을 황금의 사슬로 엮어,
아픈 마음을 감아서는, 멀리 저 멀리
본 적 없는 저세상의 몽환과 이으려는
힘이여, 자유로운 음악 소리, 아 너는
천상의 즐거움의 여운을 지상으로 전하고,
혼을 깨끗이 해 주며, 세상 가득한 아픔과 슬픔을 하소연한다.

樂聲

日暮れて、樂堂萎れし瓶の花の
香りに醉ひては集へる人の前に、
こは何、波渦沈める蒼き海の
遠音と浮き來て音色ぞ流れわたる。—
靈の羽ゆかたに白鳩舞ひくだると
仰げば、一絃、忽ちふかき淵の
底なる嘆きをかすかに誘ひ出でて、
虚空を遙かに哀調あこがれ行く。

光と暗とを黃金の鎖にして、
いためる心を捲きては、遠く遠く
見しらぬ他界の夢幻に繫ぎよする
力よ自由なる樂聲、あゝ汝こそ
天なる快樂の名殘を地につたへ、
魂をしきよめて、世に充つ痛恨訴ふ。

『동경あこがれ』에서

世

가파른 세상살이

이 세상에서 하기 어렵다는 일만 궁리하는

나의 머릿속이여!

올해도 그러려는가.

世におこなひがたき事のみ考へる

われの頭よ!

今年もしかるか。

『슬픈 장난감悲しき玩具—한 줌의 모래 이후』에서

돌멩이 하나

언덕에서 굴러 내려가듯이

나 오늘에 이르렀다

石ひとつ

坂をくだるがごとくにも

我けふの日に到り着きたる

『한 줌의 모래一握の砂 — 연기煙』에서

이 네다섯 해,

하늘 쳐다볼 일 한 번도 없었네.

어찌 이럴 수 있나?

この四五年、

空を仰ぐといふことが一度もなかりき。

かうもなるものか?

『슬픈 장난감悲しき玩具—한 줌의 모래 이후』에서

서글프다면 서글프다 할

세상살이 맛

나 너무 일찍 맛보았구나

かなしみといはばいふべき

物の味

我の嘗めしはあまりに早かり

『한 줌의 모래一握の砂 — 연기煙』에서

세상살이 어줍잖음

남모르게

자랑삼은 나였건만

世わたりの拙きことを

ひそかにも

誇りとしたる我にやはあらぬ

『한 줌의 모래一握の砂 — 못 잊을 이들忘れがたき人人』에서

남과 더불어 일을 꾸려 하기가

적성 안 맞는,

내 성격을 깨닫고 잠에서 깨는 아침.

人とともに事をはかるに

適せざる、

わが性格を思ふ寝覺かな。

『슬픈 장난감悲しき玩具 — 한 줌의 모래 이후』에서

이다음 휴일에는 온종일 잠자야지

생각대로 못 했네

삼 년 전 그때부터

この次の休日に一日寝てみむと

思ひすごしぬ

三年このかた

『한 줌의 모래一握の砂 – 나를 사랑하는 노래我を愛する歌』에서

이 사람 속셈 저 사람 눈치
다 못 헤아려,
오늘도 잠자코 하루를 살았다.

いろいろの人の思はく
はかりかねて、
今日もおとなしく暮らしたるかな。

『슬픈 장난감悲しき玩具 — 한 줌의 모래 이후』에서

이래도 흥 저래도 흥 하는 이의
그 가벼운 마음이
몹시도 부럽구나

それもよしこれもよしとてある人の
その氣がるさを
欲しくなりたり

『한 줌의 모래一握の砂 – 나를 사랑하는 노래我を愛する歌』에서

변덕쟁이 밑에서 일하려니

절절하게도

나 살아갈 이 세상 넌더리 나는구나

氣の變る人に仕へて

つくづくと

わが世がいやになりにけるかな

『한 줌의 모래一握の砂 – 나를 사랑하는 노래我を愛する歌』에서

아첨하는 말 들으면

화가 나는 나의 마음

그런 나를 너무 잘 알아 서글퍼

へつらひを聞けば

腹立つわがこころ

あまりに我を知るがかなしき

『한 줌의 모래一握の砂 – 나를 사랑하는 노래我を愛する歌』에서

남들은 모두가 두려워 한다는 험담을 두려워 할 수 없어 슬픈 마음

人がみな懼れていたく貶すこと懼れえざりしさびしき心

『전집 1－가고歌稿 노트』에서

한 번이라도 내 머리 조아리게 한

이 모두 죽으라고

기도하고 말았다

一度でも我に頭を下げさせし

人みな死ねと

いのりてしこと

『한 줌의 모래一握の砂 – 나를 사랑하는 노래我を愛する歌』에서

집으로 돌아갈 시간만 오기를,

그 한 가지만 손꼽아 기다리며,

오늘도 일을 한다.

家にかへる時間となるを、

ただ一つの待つことにして、

今日も働けり。

『슬픈 장난감悲しき玩具 — 한 줌의 모래 이후』에서

기분 좋은 고단함이여
숨도 못 쉬고
일을 마친 뒤 이 고단함

こころよき疲れなるかな
息もつかず
仕事をしたる後のこの疲れ

『한 줌의 모래一握の砂 – 나를 사랑하는 노래我を愛する歌』에서

아무것도 생각지 않고

바삐 바삐

살아낸 하루 잊기 어렵네

何事も思ふことなく

いそがしく

暮らせし一日を忘れじと思ふ

『한 줌의 모래一握の砂 — 나를 사랑하는 노래我を愛する歌』에서

붐비고 비좁은 전차 한 구석에

웅크려 앉는

저녁이면 저녁마다 가여운 내 신세

こみ合へる電車の隅に

ちぢこまる

ゆふべゆふべの我のいとしさ

『한 줌의 모래一握の砂－나를 사랑하는 노래我を愛する歌』에서

아침저녁 전차 속의 여러 사람 얼굴에도 늘 권태가 가득하네

朝夕の電車の中のいろいろの顔にも日頃倦みにけるかな

『전집 1－가고歌稿 노트』에서

먼 훗날을 이야기하는 이들 틈에서 서글퍼라 나 홀로 추억을 말하니

後の日を語りきそへる中にゐてかなし我のみ思ひ出をいふ

『전집 1－가고歌稿 노트』에서

내 마음이야

오늘도 남모르게 울려고 한다

친구들이야 모두 제 갈 길로 가건만

わがこころ

けふもひそかに泣かむとす

友みな己が道をあゆめり

『한 줌의 모래一握の砂 ― 연기煙』에서

더러워진 손을 본다 —

마치

요즘 내 마음 바라보듯.

よごれたる手をみる —

ちやうど

この頃の自分の心に對ふがごとし。

『슬픈 장난감悲しき玩具 – 한 줌의 모래 이후』에서

더러운 손 씻을 때
희미했던 만족이
오늘의 나의 만족.

よごれたる手を洗ひし時の
かすかなる満足が
今日の満足なりき。

『슬픈 장난감悲しき玩具 – 한 줌의 모래 이후』에서

세상 좋은 것 여러 가지로 꼬드기지만 가실 줄 모르는 나의 서글픔

よきことの數々をもて誘へども胸を出でざり我がかなしみ

『전집 1-가고歌稿노트』에서

이런 세상에서 벗어나고픈 생각에 방탕이란 이름을 붙이는 걸까

この世よりのがれむと思ふ企てに遊蕩の名を與へられしかな

『전집 1－가고歌稿 노트』에서

슬퍼라 지금 내 절실히 바라온 모든 것 남김없이 사라져 가는구나

あはれ今われに切に願ふ何もかもげに消えてゆけかし

『전집 1－가고歌稿 노트』에서

높은 데서 뛰어내릴 마음으로

이번의 생을

마쳐야 하나

高きより飛びおりるごとき心もて

この一生を

終るすべなきか

『한 줌의 모래一握の砂 – 나를 사랑하는 노래我を愛する歌』에서

"그만한 일로 죽으려 하나"

"그만한 일로 살려고 하나"

물으려 말자, 답하려 말자

「さばかりの事に死ぬるや」

「さばかりの事に生くるや」

止せ止せ問答

『한 줌의 모래一握の砂 — 나를 사랑하는 노래我を愛する歌』에서

남들은 모두 제집을 가진 서글픔이여

무덤에 들어가듯

돌아와서 잠든다

人みなが家を持つてふかなしみよ

墓に入るごとく

かへりて眠る

『한 줌의 모래一握の砂 — 나를 사랑하는 노래我を愛する歌』에서

아주 어두운

구멍이 마음 빨아당기는 기분 느끼며

지쳐 잠든다

いと暗き

穴に心を吸はれゆくごとく思ひて

つかれて眠る

『한 줌의 모래一握の砂 – 나를 사랑하는 노래我を愛する歌』에서

불을 지피는 큰 엔진 옆에서 젊은 남자들 시시각각
죽어간다

火をつくる大エンヂンのかたはらに若き男ら刻々に死ぬ

『전집 1—가고歌稿 노트』에서

삼백 명 직공들 모두 피를 토한다 무더운 오후 한 시에

三百の職工は皆血を吐きぬ大炎熱の午後の一時に

『전집 1-가고歌稿 노트』에서

시대가 꽉 막힌 현상을 어쩌면 좋을까 가을 들어서 이런 생각한다

時代閉塞の現状を奈何にせむ秋入りてことに斯く思ふかな

『전집 1－가고歌稿 노트』에서

지도 위 조선국에 새까맣게 먹칠 하며 가을 바람 듣는다

地圖の上朝鮮國にくろぐろと墨をぬりつつ秋風を聽く

『전집 1－가고歌稿 노트』에서

네거리

늙은이도, 또는 젊은이도,
수십 명의 남자 여자도,
동쪽에서, 또는, 서쪽에서,
비탈 위, 비탈 아래에서,
저마다 몹시도 바쁜 듯이
여기를 지난다.
지금 내가 서 있는 곳은,
바다를 바라보는 넓은 거리의
네거리. — 네 모퉁이의
집들은 모두 몹시도 위엄스럽다.
은행과 영사관,
신문사, 나머지 하나는,
사람의 죄 냄새를 맡으러 다니는
검둥개를 기르는 경찰서.

여기를 지나는 사람은, 보아라, 모두,
하늘 높이 뜬 해도 쳐다보지 않고,
배로 가득한 바다도 바라보지 않고,
그저, 사람이 만든 길을,

사람이 사는 집을 보면서,

남들과 무리 지어서 간다.

수염 흰 영감도, 또는,

비단 양산 쓴 젊은 처자도,

소년도, 또 구둣발 소리 내며

담배 연기 뿜는 수산물 상인도,

키 큰 신사도, 손자를

등에 업은 여윈 할멈도,

술살 올라, 어깨 잔뜩 젖히고 다니는

장사꾼도, 구걸하는 아이들도,

휘파람 부는 젊은 사환도,

집 없는 우울한 사람들도.

바쁜 듯이 지나는 걸까.

넓은 네거리, 사람은 많아도,

서로 아는 사람은 없겠다.

나란히 걸어도, 또는 서로 만나도,

사람들은 모두 전혀 모르는 사이인 척,

저마다, 제 갈 길을

서둘러 간다, 따로따로.

무심한 숲의 나무들도

서로 기대어 가지를 맞대고,

해마다 떨어져 죽는

나뭇잎마저, 아침 바람 불면,

아침이라고 수런대고, 저녁 바람 불면,

저녁이라고 이야기들 하건만,

인간 세상은 성긴 숲,

인간 세상은 사람 없는 사막.

아, 나도, 내 갈 길의

오늘 하루, 이야기 나눌 벗 없이,

이 네거리를, 지금, 이렇게 간다,

생각하면서 걸음 옮기면,

요란스럽게 문 여닫는 소리 울리고,

오른쪽의 신문사에서

뛰쳐나온 남자 몇 사람,

허리춤의 방울 소리 높이 울리며

달려간다, 네 모퉁이에서

네 갈래 길 따로, 따로따로.

지금 오월의 맑은 하루,

햇볕 흐리지 않고, 바다에

이빨 가는 파도도 없지만,

바쁜 사람들의 나라에는

무슨 일이 일어난 것만 같다.

辻

老いたるも、或は、若きも、

幾十人、男女や、

東より、はたや、西より、

坂の上、坂の下より、

おのがじし、いと急しげに

此處過ぐる。

今わが立つは、

海を見る廣き巷の

四の辻。—— 四の角なる

家は皆いと厳めしし。

銀行と、領事の館、

新聞社、殘る一つは、

人の罪嗅ぎて行くなる

黒犬を飼へる警察。

此處過ぐる人は、見よ、皆、

空高き日をも仰がず、

船多き海も眺めず、

ただ、人の作れる路を、

人の住む家を見つつぞ、

人とこそ群れて行くなれ。

白髯の翁も、はたや、

絹傘の若き少女も、

少年も、また、靴鳴らし

煙草吹く海産商も、

丈高き紳士も、孫を

背に負へる痩せし嫗も、

酒肥り、いとそりかへる

商人も、物乞ふ兒等も、

口笛の若き給仕も、

家持たぬ憂き人人も。

せはしげに過ぐるものかな。

廣き辻、人は多けど、

相知れる人や無からむ。

並行けど、はた、相逢へど、

人は皆、そしらぬ身振、

おのがじし、おのが道をぞ

急ぐなれ、おのもおのもに。

心なき林の木木も

相凭りて枝こそ交せ、

年毎に落ちて死ぬなる

木の葉さへ、朝風吹けば、

朝さやぎ、夕風吹けば、

夕語りするなるものを、

人の世は疎らの林、

人の世は人なき砂漠。

ああ、我も、わが行くみちの

今日ひと日、語る伴侶なく、

この辻を、今、かく行くと、

思ひつつ、歩み移せば、

けたたまし戸の音ひびき、

右手なる新聞社より

驅け出でし男幾人、

腰の鈴高く鳴らして

驅け去りぬ、四の角より

四の路おのも、おのもに。

今五月、霽れたるひと日、

日の光曇らず、海に

牙鳴らす浪もなけれど、

急がしき人の國には

何事か起りにけらし。

『전집 1—잡지에 발표된 시』에서

戀

못 이룬 사랑

몸을 감싸는 사랑의 빛에 쓸쓸한 그림자 따라서 오는 노래의 수심이여

身をめぐる愛のひかりに寥しみの影そひてくる歌の愁や

『전집 1－가고歌稿 노트』에서

모래 산 언덕에 엎드린 채로

첫사랑의

아픔 아스라이 떠올려 보는 날

砂山の砂に腹這ひ

初戀の

いたみを遠くおもひ出づる日

『한 줌의 모래一握の砂 – 나를 사랑하는 노래我を愛する歌』에서

진지하게도

속마음 털어놓을 친구 있다면

그대의 이야기도 다 할 수 있으련만

しみじみと

物うち語る友もあれ

君のことなど語り出でなむ

『한 줌의 모래一握の砂 – 못 잊을 이들忘れがたき人人』에서

그대 온다고 일찍 일어나

하얀 셔츠의

소매 때까지 마음 쓰는 날

君來るといふに夙く起き

白シヤツの

袖のよごれを氣にする日かな

『한 줌의 모래一握の砂 – 장갑을 벗을 때手套を脱ぐ時』에서

여름 방학 첫날 아침 먼저 그대 찾으리라 기뻐하며 기다린다

夏やすみ第一日の朝にまづ君を訪はむとよろこびて待つ

『전집 1－가고歌稿 노트』에서

커다란 두루마기 빨간 꽃 모양

지금도 눈에 선한

여섯 살 사랑

大形の被布の模樣の赤き花

今も目に見ゆ

六歲の日の戀

『한 줌의 모래一握の砂 — 연기煙』에서

부드럽게 쌓인 눈에

뜨거운 볼 묻은 듯한

사랑을 하고 싶어

やはらかに積れる雪に

熱てる頰を埋むるごとき

戀してみたし

『한 줌의 모래一握の砂－나를 사랑하는 노래我を愛する歌』에서

스물셋 아아 햇빛 아래 새로운 일이란 없고 나는 더욱더 그대 사랑해

二十三ああ日の下に新しき事なし我は猶君を戀ふ

『전집 1－가고歌稿 노트』에서

그대 그림자 나의 눈에 어리는 밤의 연못에 피는 흰 연꽃 닮았어라

君が影わが目にうつる夜の池に白蓮ひらく相似たるかな

『전집 1－가고歌稿 노트』에서

나의 사랑을 의심한다면 내일 아침 밝아와도 이상하겠네

わが戀をうたがふべくば朝來り明るくなるも不思議とせよ

『전집 1－가고歌稿 노트』에서

내게 기대어

깊은 밤 눈 속에 서 있던

여인의 오른손 따뜻했는데

よりそひて

深夜の雪の中に立つ

女の右手のあたたかさかな

『한 줌의 모래一握の砂 — 못 잊을 이들忘れがたき人人』에서

가깝지만 또 멀기만 한 너의 눈은 저 먼 하늘 별을 닮았네

近くしてかついと遠し君が目はかの大空の星に似たれば

『전집 1－가고歌稿 노트』에서

세상 밝음만 들이마신 듯

까만 눈동자

지금까지도 눈에 선하다

世の中の明るさのみを吸ふごとき

黒き瞳の

今も目にあり

『한 줌의 모래一握の砂 — 못 잊을 이들忘れがたき人人』에서

누가 보아도

나를 그리워하도록 마음 사로잡을

기나긴 손편지를 쓰고만 싶은 저녁

誰が見ても

われをなつかしくなるごとき

長き手紙を書きたき夕

『한 줌의 모래一握の砂 – 나를 사랑하는 노래我を愛する歌』에서

넘쳐 흐르는 눈물 젖은 편지는 두 번 다시 못 쓸 것일지도

溢れ來る涙をもてし滲ませし文は再び書かぬものかも

『전집 1－가고歌稿 노트』에서

쓸데없이 긴 편지나 잔뜩 쓰다

문득 사람 그리워

거리로 나가 본다

用もなき文など長く書きさして

ふと人こひし

街に出てゆく

『한 줌의 모래一握の砂 — 못 잊을 이들忘れがたき人人』에서

사랑한다고 말 않던 이가

보내온

물망초도 눈에 어린다

思ふてふこと言はぬ人の

おくり來きし

忘れな草もいちじろかりし

『한 줌의 모래一握の砂 – 가을바람 고운 마음씨에秋風のこころよさに』에서

그때 망설이다 끝내 하지 못한

꼭 해야 했던 말들이야 지금도

가슴에 남았건만

かの時に言ひそびれたる

大切の言葉は今も

胸にのこれど

『한 줌의 모래一握の砂 - 못 잊을 이들忘れがたき人人』에서

아무렇지 않은 듯이 했던 말은

아무렇지 않은 듯이 그대도 들었겠지

그저 그럴 뿐

さりげなく言ひし言葉は

さりげなく君も聽きつらむ

それだけのこと

『한 줌의 모래一握の砂 — 못 잊을 이들忘れがたき人人』에서

어제와는 빛깔 다른 수국 화병 사이 두고 두 사람은 말이 없네

昨日より色のかはれる紫陽花の瓶をへだてて二人かたらず

『전집 1－가고歌稿 노트』에서

죽기 전까지 꼭 한 번 다시 만나자

말을 꺼내니

너도 보일 듯 말 듯 고개를 끄덕였지

死ぬまでに一度會はむと

言ひやらば

君もかすかにうなづくらむか

『한 줌의 모래一握の砂 – 못 잊을 이들忘れがたき人人』에서

먼 훗날에도 이제는 잊은 손을 맞잡고 울었던 일을 기억하기를

いつなりしか今は忘れぬ手をとりて泣きしことありき覺えたまふや

『전집 1－가고歌稿 노트』에서

우리 집 마당 흰 철쭉꽃을

어스름 달밤에

꺾어 갔던 일 잊지 말기를

わが庭の白き躑躅を

薄月の夜に

折りゆきしことな忘れそ

『한 줌의 모래一握の砂 – 연기煙』에서

헤어지고 와 문득 눈 깜빡이니

나도 모르게

차가운 것이 볼을 타고 흐른다

わかれ來てふと瞬けば

ゆくりなく

つめたきものの頬をつたへり

『한 줌의 모래一握の砂 — 못 잊을 이들忘れがたき人人』에서

취해서 고개 숙인 때에도

목이 말라서 눈뜬 때에도

불렀던 이름

酔ひてわがうつむく時も

水ほしと眼ひらく時も

呼びし名なりけり

『한 줌의 모래一握の砂 – 못 잊을 이들忘れがたき人人』에서

이삿날 아침 발치에 툭 떨어진,

그녀의 사진!

잊고 있던 그 사진!

引越しの朝の足もとに落ちてゐぬ、

女の寫眞!

忘れゐし寫眞!

『슬픈 장난감悲しき玩具—한 줌의 모래 이후』에서

추억 속의 키스인가

놀랐었다

플라타너스 이파리 떨어지다 닿은 것을

思出のかのキスかとも

おどろきぬ

プラタヌの葉の散りて觸れしを

『한 줌의 모래一握の砂 – 장갑을 벗을 때手套を脫ぐ時』에서

서글픈 것은
백옥 같이 희디흰 팔에 남겼던
키스 흔적이런가

かなしきは
かの白玉のごとくなる腕に殘せし
キスの痕かな

『한 줌의 모래一握の砂 – 못 잊을 이들忘れがたき人人』에서

그대 닮은 이 길에서 보고서는
마음 뛰었던 나
가엾게 여기기를

君に似し姿を街に見る時の
こころ躍りを
あはれと思へ

『한 줌의 모래一握の砂 – 못 잊을 이들忘れがたき人人』에서

스쳐 지나는 어깨 사이로

잠깐이나마 보았다고도

일기장에 써 두었네

摩れあへる肩のひまより

はつかにも見きといふさへ

日記に殘れり

『한 줌의 모래一握の砂 — 가을바람 고운 마음씨에秋風のこころよさに』에서

언제였을까
꿈에서 언뜻 듣고 반가웠던
목소리 서글퍼라 오래 못 들으니

いつなりけむ
夢にふと聽きてうれしかりし
その聲もあはれ長く聽かざり

『한 줌의 모래一握の砂 – 못 잊을 이들忘れがたき人人』에서

그 목소리 한번 더 들으면

후련하게

마음이야 풀리겠지 이 아침도 생각한다

かの聲を最一度聽かば

すつきりと

胸や霽れむと今朝も思へる

『한 줌의 모래一握の砂 – 못 잊을 이들忘れがたき人人』에서

두 번 다시 만날 수 없기를 사람들 틈에 섞여 봄날 거리 거닌다

ふたたびと相逢ふことなかるべき人にまじりて春の街ゆく

『전집 1－가고歌稿 노트』에서

잠깐이나마 잊어보려 했건만

돌계단이

봄에 자라난 풀에 묻히듯

かりそめに忘れても見まし

石だたみ

春生ふる草に埋るるがごと

『한 줌의 모래一握の砂 – 가을바람 고운 마음씨에秋風のこころよさに』에서

아무도 살지 않는 빈집 문의 초인종 날마다 세 번씩 누르고 돌아온다

人住まずなれる館の門の呼鈴日に三度づつ推して歸り來る

『전집 1－가고歌稿 노트』에서

그토록 뜨거운 눈물이야
첫사랑 시절에도 흘렀건만
그렇게 울 날 다시는 없다

かくばかり熱き涙は
初戀の日にもありきと
泣く日またなし

『한 줌의 모래一握の砂 — 가을바람 고운 마음씨에秋風のこころよさに』에서

남보다 일찍 사랑의 달콤함도
사랑의 슬픔도 알아 버린 나
남보다 일찍 늙어간다

先んじて戀のあまさと
かなしさを知りし我なり
先んじて老ゆ

『한 줌의 모래一握の砂 — 연기煙』에서

그이의 무릎 베고 누워도

내 마음이란

온통 내 생각뿐이었구나

その膝に枕しつつも

我がこころ

思ひしはみな我のことなり

『한 줌의 모래一握の砂 – 못 잊을 이들忘れがたき人人』에서

서글픈 사랑일까

혼자 중얼거리며

한밤 화로에 숯을 더한다

あはれなる戀かなと

ひとり呟きて

夜半の火桶に炭添へにけり

『한 줌의 모래一握の砂 – 장갑을 벗을 때手套を脫ぐ時』에서

잊고 지내면
아무 일 아닌 것이 새삼스럽게 추억의 씨앗 된다
잊기 어려운지도

忘れをれば
ひよつとした事が思ひ出の種にまたなる
忘れかねつも

『한 줌의 모래一握の砂 – 못 잊을 이들忘れがたき人人』에서

바쁘 바쁘 살아가다

이따금씩 떠오르는 상념이란

누구 탓일까

いそがしき生活のなかの

時折のこの物おもひ

誰のためぞも

『한 줌의 모래一握の砂－못 잊을 이들忘れがたき人人』에서

가끔가다가

그대를 생각하면

평안하던 마음에 갑자기 이는 슬픔

時として

君を思へば

安かりし心にはかに騒ぐかなしさ

『한 줌의 모래一握の砂 – 못 잊을 이들忘れがたき人人』에서

헤어지고도 세월 더할수록

해마다 해마다 그리워지는 건

그대 있기에

わかれ來て年を重ねて

年ごとに戀しくなれる

君にしあるかな

『한 줌의 모래一握の砂 – 못 잊을 이들忘れがたき人人』에서

그것 보아라,

그 사람도 아이 낳고 잘 산단다,

왠지 모를 후련한 마음으로 자겠네.

そうれみろ、

あの人も子をこしらへたと、

何か氣の濟む心地にて寢る。

『슬픈 장난감悲しき玩具 – 한 줌의 모래 이후』에서

바닷가 가면 물결 밀려와 내 발자국 지우고 나도 그대를 지우고 간다

磯ゆけば浪きてわれの靴跡を消せりわれはた君忘れ行く

『전집 1－가고歌稿 노트』에서

그대는 꽃

그대는 분홍빛 장미꽃,
하얀 비단 걸쳐 두르더라도,
빛깔은 어슴푸레 비친다.
어쩔 도리 없어 망설이면서,
검게 물들인 옷 소매 뒤집어
가려도 가려도 더욱 드높이
꽃향기는 넘쳐흐른다.

아, 감출 수 없는 빛깔이기에,
볼에 목숨의 피 덥고,
감쌀 수 없는 향기이기에,
눈동자에 별 향기도 떠 흘러,
속일 수 없는 사랑의 마음,
꺼질 줄 모르는 등잔불 숨결로
그대, 꽃은 물든다.

君が花

君くれなゐの花薔薇、

白絹かけてつつめども、

色はほのかに透きにけり。

いかにやせむとまどひつつ、

墨染衣袖かへし

掩へども掩へどもいや高く

花の香りは溢れけり。

ああ秘めがたき色なれば、

頬にいのちの血ぞ熱り、

つつみかねたる香りゆゑ

瞳に星の香も浮きて、

佯はりがたき戀心、

熄えぬ火盞の火の息に

君が花をば染めにけれ。

『동경あこがれ』에서

人

세상의 인정

화려하게 말 잘하는 사람이라도 손잡아 보면 잿빛이 되어 고개 떨구는 이상한 저녁

はなやかに物いふ人も手をとれば灰にうつむくをかしき夕べ

『전집 1－가고歌稿 노트』에서

몇 푼이나마 돈 빌려 가던

내 동무의

뒷모습 어깨 위에 쌓인 눈

いささかの錢借りてゆきし

わが友の

後姿の肩の雪かな

『한 줌의 모래一握の砂 — 못 잊을 이들忘れがたき人人』에서

좋은 친구여

빌어먹는 비천함 싫다 말아라

배곯고 지낼 때는 나라도 그럴 테니

友よさは

乞食の卑しさ厭ふなかれ

餓ゑたる時は我も爾りき

『한 줌의 모래一握の砂 – 나를 사랑하는 노래我を愛する歌』에서

내가 다가가 손을 잡으면

울다가도 그쳤지

취해서 주정부린 오래전의 그 친구

我ゆきて手をとれば

泣きてしづまりき

酔ひて荒れしそのかみの友

『한 줌의 모래一握の砂 — 연기煙』에서

남과 비슷한 재주만 가진

내 친구의

깊은 불평도 안쓰러울 뿐

人並の才に過ぎざる

わが友の

深き不平もあはれなるかな

『한 줌의 모래一握の砂 - 나를 사랑하는 노래我を愛する歌』에서

잘난 체하는 친구 말 들으면서

맞장구친다

가여운 사람에게 적선하는 마음으로

うぬ惚るる友に

合槌うちてゐぬ

施與をするごとき心に

『한 줌의 모래一握の砂 – 나를 사랑하는 노래我を愛する歌』에서

나의 사랑을

처음으로 친구에게 털어놓은 그날 밤이

생각 나는 날

わが戀を

はじめて友にうち明けし夜のことなど

思ひ出づる日

『한 줌의 모래一握の砂 – 연기煙』에서

속마음 꺼내 말하고 나니
어쩐지 손해 본 것만 같아
친구와 헤어졌다

打明けて語りて
何か損をせしごとく思ひて
友とわかれぬ

『한 줌의 모래一握の砂 – 나를 사랑하는 노래我を愛する歌』에서

싸우고 나서

너무도 미워하다 헤어져버린

친구가 그리워지는 날도 오는구나

あらそひて

いたく憎みて別れたる

友をなつかしく思ふ日も來ぬ

『한 줌의 모래一握の砂 — 못 잊을 이들忘れがたき人人』에서

진 것도 나 때문이고

싸움도 내 탓이라고

이제서야 생각한다

負けたるも我にてありき

あらそひの因も我なりしと

今は思へり

『한 줌의 모래一握の砂 — 못 잊을 이들忘れがたき人人』에서

나보다 한참 젊은 사람에게,

한나절이나 기염을 토하고는,

지쳐버린 이 마음!

自分よりも年若き人に、

半日も氣焰を吐きて、

つかれし心!

『슬픈 장난감悲しき玩具 — 한 줌의 모래 이후』에서

시험 삼아서

순진했던 지난날 내가 되어서

이야기 나눌 사람 있으면 싶다

こころみに

いとけなき日の我となり

物言ひてみむ人あれと思ふ

『한 줌의 모래一握の砂 – 가을바람 고운 마음씨에秋風のこころよさに』에서

담배 있으면 한 개비만 달라고

내게 다가온

살 희망 없는 이와 한밤 얘기 나눈다

若しあらば煙草恵めと

寄りて來る

あとなし人と深夜に語る

『한 줌의 모래一握の砂 — 장갑을 벗을 때手套を脫ぐ時』에서

사람들 모두

똑같은 방향만 바라보며 간다.

그런 모습 옆에서 보고 있는 내 마음.

人がみな

同じ方角に向いて行く。

それを横より見てゐる心。

『슬픈 장난감悲しき玩具—한 줌의 모래 이후』에서

사람이란 사람 모두 마음속에

죄수 하나씩 들어앉아 있어서

앓고 있는 서글픔

人といふ人のこころに

一人づつ囚人がゐて

うめくかなしさ

『한 줌의 모래一握の砂 — 나를 사랑하는 노래我を愛する歌』에서

어느새인가 내게 다가와서는,

손을 잡더니,

또 어느새인가 떠나가 버린 사람들!

いつとなく我にあゆみ寄り、

手を握り、

またいつとなく去りゆく人人!

『슬픈 장난감悲しき玩具 – 한 줌의 모래 이후』에서

그저 사람 하나 얻는 일일 뿐인데
큰 소원인 양 여긴
젊은 날의 잘못

人ひとり得るに過ぎざる事をもて
大願とせし
若きあやまち

『한 줌의 모래一握の砂 – 가을바람 고운 마음씨에秋風のこころよさに』에서

왠지 몰라도,

생각 밖으로 많을 듯도 하다,

나와 꼭 같은 것 생각하는 사람.

何となく、

案外に多き氣もせらる、

自分と同じこと思ふ人。

『슬픈 장난감悲しき玩具—한 줌의 모래 이후』에서

전생과 내생 잇는 한 가닥 밧줄 위에 위험하게 춤추는 나와 세상 사람들

前の世と後の世つなぐ一條の綱に舞踏危うわがどち

『전집 1－가고歌稿 노트』에서

사람이란 오늘을 근심하며 그대로 어둠 속으로 든다 운명의 그 손이 저주스러운 하느님

人けふをなやみそのまゝ闇に入りぬ運命のみ手の呪はしの神

『전집 1－가고歌稿 노트』에서

무슨 일이 있을 것만 같은 봄날의 저녁

먼 나라에는 전쟁이 나고……
바다에는 난파선 위에서 술잔치……

전당포에는 핼쑥한 여자가 서서,
등불을 등지고 코를 푼다.
그곳을 나서면, 골목 어귀에
정부情夫의 등을 때리는 키 작은 여자 —
옅은 어둠 속에서 지갑을 꺼낸다.

무슨 일이 있을 것만 같은 —
봄날 해 질 녘 거리를 누르는
무겁게 가라앉은 공기의 불안.
일이 손에 잡히지 않은 하루가 저물고,
까닭도 알 수 없는 고단함이 있다.

먼 나라에는 많은 사람이 죽고……
또 관청에 쳐들어간 여장부의 외침……
바다에는 신천옹의 돌림병
아, 목수의 집에서는 램프가 떨어져서,

목수의 아내가 펄쩍 뛰고 있다.

事ありげな春の夕暮

遠い國には戦があり……

海には難破船の上の酒宴……

質屋の店には蒼ざめた女が立ち、

燈光にそむいてはなをかむ。

其處を出て來れば、路次の口に

情夫の背を打つ背低い女 —

うす暗がりに財布を出す。

何か事ありげな —

春の夕暮の町を壓する

重く淀んだ空氣の不安。

仕事の手につかぬ一日が暮れて、

何に疲れたとも知れぬ疲がある。

遠い國には澤山の人が死に……

また政廳に推寄せる女壯士のさけび聲……

海には信天翁の疫病

あ、大工の家では洋燈が落ち、

大工の妻が跳び上る。

『다쿠보쿠 시집啄木詩集』에서

家

가족의 무게

부모와 자식이라도

떨어져 겉도는 마음으로 조용히 마주하는

거북한 까닭이란 무엇일까

親と子と

はなればなれの心もて靜かに對ふ

氣まづきや何ぞ

『한 줌의 모래一握の砂 – 나를 사랑하는 노래我を愛する歌』에서

단 하나뿐인
아들자식이란 나 이 모양 되었네.
부모님 속이야 얼마나 상하셨겠나.

ただ一人の
をとこの子なる我はかく育てり。
父母もかなしかるらむ。

『슬픈 장난감悲しき玩具 – 한 줌의 모래 이후』에서

내 뒤를 따라와서

아는 이 하나 없이

외딴 시골살이 하는 엄마와 아내

わがあとを追ひ來て

知れる人もなき

邊土に住みし母と妻かな

『한 줌의 모래一握の砂－못 잊을 이들忘れがたき人人』에서

뜨신 밥은 자식에게 담아주고 식은 밥에 더운물 붓는 엄마 흰머리

あたたき飯を子に盛り古飯に湯をかけたまふ母の白髪

『전집 1―가고歌稿 노트』에서

장난삼아서 엄마를 업고 보니

너무 가벼워 서글퍼서 울었다

세 걸음도 못 떼고

たはむれに母を背負ひて

そのあまり輕きに泣きて

三歩あゆまず

『한 줌의 모래一握の砂 - 나를 사랑하는 노래我を愛する歌』에서

나 여태껏 우는 얼굴 엄마한테 안 보였지 그래서 서글퍼라

われいまだわが泣く顔をわが母に見せしことなし故にかなしき

『전집 1－가고歌稿 노트』에서

약 먹는다는 걸 깜빡 잊어버려,

오래간만에,

엄마한테 혼난 일 고마워라 여긴다.

藥のむことを忘れて、

ひさしぶりに、

母に叱られしをうれしと思へる。

『슬픈 장난감悲しき玩具 – 한 줌의 모래 이후』에서

서글프구나 우리 아버지!
오늘도 신문 읽다 팽개치고는,
마당에서 개미랑 장난치시네.

かなしきは我が父!
今日も新聞を讀みあきて、
庭に小蟻と遊べり。

『슬픈 장난감悲しき玩具 — 한 줌의 모래 이후』에서

잘도 화내던 우리 아버지

요즘은 통 화내지 않으니

화 좀 냈으면 생각해 본다

よく怒る人にてありしわが父の

日ごろ怒らず

怒れと思ふ

『한 줌의 모래一握の砂 – 장갑을 벗을 때手套を脫ぐ時』에서

여덟 해 전의
지금 아내가 주었던 편지 묶음!
어디에 넣어 두었나 마음에 걸린다.

八年前の
今のわが妻の手紙の束!
何處に藏ひしかと氣にかかるかな。

『슬픈 장난감悲しき玩具—한 줌의 모래 이후』에서

철부지 어린아이나 할 짓,

내 아내라는 이가 하는 날이다.

그저 달리아꽃만 들여다본다.

放たれし女のごとく、

わが妻の振舞ふ日なり。

ダリヤを見入る。

『슬픈 장난감悲しき玩具 – 한 줌의 모래 이후』에서

친구들 모두 나보다 잘난 듯 뵈는 날이여
꽃 한 송이 사 와서
아내와 즐겨 본다

友がみなわれよりえらく見ゆる日よ
花を買ひ來て
妻としたしむ

『한 줌의 모래一握の砂 – 나를 사랑하는 노래我を愛する歌』에서

시월 어느 날 산부인과 병원
습기 가득 찬
긴 복도에서 서성이던 내 심사

十月の産病院の
しめりたる
長き廊下のゆきかへりかな

『한 줌의 모래一握の砂 — 장갑을 벗을 때手套を脱ぐ時』에서

시월 아침 찬 공기에

처음으로

숨 쉬었던 간난 아기

十月の朝の空氣に

あたらしく

息吸ひそめし赤坊のあり

『한 줌의 모래一握の砂 — 장갑을 벗을 때手套を脫ぐ時』에서

아이 업고서

눈보라 치는 정거장에서

나 배웅하던 아내의 눈썹

子を負ひて

雪の吹き入る停車場に

われ見送りし妻の眉かな

『한 줌의 모래一握の砂 — 못 잊을 이들忘れがたき人人』에서

낮잠 자는 아이 머리맡에
인형 하나 사다 놓고,
그저 혼자 신나 한다.

ひる寢せし兒の枕邊に
人形を買ひ來てかざり、
ひとり樂しむ。

『슬픈 장난감悲しき玩具 – 한 줌의 모래 이후』에서

아이를 혼내니,

울면서, 잠들었다.

입 벌리고 잠든 얼굴 어루만져 볼까.

兒を叱れば、

泣いて、寢入りぬ。

口すこしあけし寢顔にさはりてみるかな。

『슬픈 장난감悲しき玩具 — 한 줌의 모래 이후』에서

튼튼하게도,

쑥쑥 자라는 아이 보면서,

내가 날마다 쓸쓸한 것은 대체 왜일까.

すこやかに、

背丈のびゆく子を見つつ、

われの日毎にさびしきは何ぞ。

『슬픈 장난감悲しき玩具 – 한 줌의 모래 이후』에서

아빠 엄마도,

우리 두 부모님도 닮지 말기를 —

네 아빠는 이렇게 바란단다, 아가야.

その親にも、

親の親にも似るなかれ —

かく汝が父は思へるぞ、子よ。

『슬픈 장난감悲しき玩具 — 한 줌의 모래 이후』에서

하느님 하느님 오늘만은 그저 당신께 빌 수밖에 우리 아이 병들어서

神よ神この日ばかりはただ爾に頼むほかなし吾子は病す

『전집 1－가고歌稿 노트』에서

밤 이슥해서

일터에서 돌아와

방금 전에 죽은 아이 안고 있다

夜おそく

つとめ先よりかへり來て

今死にしてふ兒を抱けるかな

『한 줌의 모래一握の砂 — 장갑을 벗을 때手套を脫ぐ時』에서

밑도 끝도 모르는 수수께끼 마주한 듯

죽은 아이 이마에

자꾸만 손대 본다

底知れぬ謎に對ひてあるごとし

死兒のひたひに

またも手をやる

『한 줌의 모래一握の砂 — 장갑을 벗을 때手套を脫ぐ時』에서

비행기

보아라, 오늘도, 저 푸른 하늘에
비행기 드높이 나는 것을.

심부름꾼 소년이
이따금 쉬는 일요일,
폐병 앓는 어머니와 단둘이 사는 집에서,
혼자서 열심히 영어 독해 공부하는 눈의 피로……

보아라, 오늘도, 저 푸른 하늘에
비행기 드높이 나는 것을.

飛行機

見よ、今日も、かの蒼空に

飛行機の高く飛べるを。

給仕づとめの少年が

たまに非番の日曜日、

肺病やみの母親とたった二人の家にゐて、

ひとりせつせとリイダアの獨學をする眼の疲れ……

見よ、今日も、かの蒼空に

飛行機の高く飛べるを。

『다쿠보쿠 시집啄木詩集』에서

生

고단한 살림과 삶

날개 없는 사람으로 태어난 날 날개 잘린 사람처럼 되고 마네

翼なき人と生れし日に翼きられし人とひとしとするや

『전집 1-가고歌稿 노트』에서

아주 먼 옛날

소학교 판자 지붕에 내가 던진 공

어떻게 되었을까

その昔

小學校の柾屋根に我が投げし鞠

いかにかなりけむ

『한 줌의 모래一握の砂 — 연기煙』에서

언제부턴가

우는 것마저 잊고 지내는

나를 울려줄 사람 없을까

いつしかに

泣くといふこと忘れたる

我泣かしむる人のあらじか

『한 줌의 모래一握の砂 – 가을바람 고운 마음씨에秋風のこころよさに』에서

언제까지나 걸어야 할 것 같은
생각 끓어오르는,
한밤의 거리 거리.

いつまでも步いてゐねばならぬごとき
思ひ湧き來ぬ、
深夜の町町。

『슬픈 장난감悲しき玩具—한 줌의 모래 이후』에서

왠지 서글프게

한밤중에 새어나는 소리들을

줍기라도 하듯 헤매고 다닌다

うらがなしき

夜の物の音洩れ來るを

拾ふがごとくさまよひ行きぬ

『한 줌의 모래一握の砂 – 가을바람 고운 마음씨에秋風のこころよさに』에서

하루 걸러서,

밤 한 시 무렵 가파른 언덕 비탈 오르는 것도 —

밥벌이 때문이니.

二晩おきに、

夜の一時頃に切通の坂を上りしも —

勤めなればかな。

『슬픈 장난감悲しき玩具 — 한 줌의 모래 이후』에서

고요하게도 잠든 밤의 큰길을 나의 발소리 마음 쓰며 걷는다

しんとして眠れるよるの大道をわが跫音を氣にしつつゆく

『전집 1-가고歌稿 노트』에서

어찌 되든지 될 대로 되라는 식으로 말하는
요즘의 내 모습을
누가 알까 두렵다.

どうなりと勝手になれといふごとき
わがこのごろを
ひとり恐るる。

『슬픈 장난감悲しき玩具 — 한 줌의 모래 이후』에서

풀 죽어서 앞서가는 나를 보고 내 그림자도 고개 숙인 채 온다

悄然として前を行く我を見て我が影もまたうなだれて來る

『전집 1-가고歌稿 노트』에서

거울 가게 앞에 서서

문득 놀란다

초라하게 걷는 이 나인가 싶어서

鏡屋の前に來て

ふと驚きぬ

見すぼらしげに歩むものかも

『한 줌의 모래一握の砂 – 나를 사랑하는 노래我を愛する歌』에서

어느 날 문득

술 한 잔 하고 싶어 못 견딜 듯이

오늘 나 간절하게 돈 욕심이 난다

とある日に

酒をのみたくてならぬごとく

今日われ切に金を欲りせり

『한 줌의 모래一握の砂 - 나를 사랑하는 노래我を愛する歌』에서

공원의 어느 나무 그늘 버려진 의자
상념에 가득 차서
몸 기대고 있었네

公園のとある木蔭の捨椅子に
思ひあまりて
身をば寄せたる

『한 줌의 모래一握の砂 – 장갑을 벗을 때手套を脱ぐ時』에서

일을 하건만

제아무리 일한들 내 살림 도통 나아질 줄 모르니

그저 손만 볼 밖에

はたらけど

はたらけど猶わが生活樂にならざり

ぢつと手を見る

『한 줌의 모래一握の砂 – 나를 사랑하는 노래我を愛する歌』에서

이 도시의 집이란 집을 한 채 한 채 다 세어 보아도
내 살 집은 없네

家といふ都の家をことごとくかぞへて我の住む家なし

『전집 1－가고歌稿 노트』에서

내 집 한 칸 마음 편히 꿈도 못 꿀 나라에 태어나서 반역조차 않는다

わが家安けき夢をゆるさざる國に生まれて叛逆もせず

『전집 1－가고歌稿 노트』에서

왜 이런 걸까 한심한 꼴이 되어,

나약한 마음 수없이 꾸짖으며,

돈을 빌리러 간다.

何故かうかとなさけなくなり、

弱い心を何度も叱り、

金かりに行く。

『슬픈 장난감悲しき玩具—한 줌의 모래 이후』에서

새로 만든 샐러드 접시의

식초 냄새가

마음에 스며 서글픈 저녁

新しきサラドの皿の

酢のかをり

こころに沁みてかなしき夕

『한 줌의 모래一握の砂 – 장갑을 벗을 때手套を脱ぐ時』에서

새로 산 잉크 냄새 맡아보려

병마개 열면

굶주린 뱃속에 스미는 서글픔

新しきインクのにほひ

栓抜けば

餓ゑたる腹に沁むがかなしも

『한 줌의 모래一握の砂 – 나를 사랑하는 노래我を愛する歌』에서

새로 산 잉크 냄새,

눈에 스며 슬프네.

어느새 마당 푸르고.

新しきインクの匂ひ、

目に沁むもかなしや。

いつか庭の青めり。

『슬픈 장난감悲しき玩具 – 한 줌의 모래 이후』에서

새로 산 양서 종이
향기 맡으니
그저 한결같게 돈 생각만 나는데

あたらしき洋書の紙の
香をかぎて
一途に金を欲しと思ひしが

『한 줌의 모래一握の砂 – 못 잊을 이들忘れがたき人人』에서

새로 나온 책 사 가지고 돌아와 읽는 한밤의
그 즐거움마저도
오래도록 잊었네

新しき本を買ひ來て讀む夜半の
そのたのしさも
長くわすれぬ

『한 줌의 모래一握の砂 – 장갑을 벗을 때手套を脫ぐ時』에서

얼어붙은 잉크병을

불에 쪼이며

눈물 흘린다 등불 아래서

こほりたるインクの罎を

火に翳し

涙ながれぬともしびの下

『한 줌의 모래一握の砂 — 못 잊을 이들忘れがたき人人』에서

떠돌이 근심 쓰면서 다 짓지 못한

초고의 글자

다시 읽기 어려워라

漂泊の愁ひを敍して成らざりし

草稿の字の

讀みがたさかな

『한 줌의 모래一握の砂 ― 못 잊을 이들忘れがたき人人』에서

한밤중 문득 잠에서 깨어나서,

까닭도 없이 울고만 싶어지니,

이불을 뒤덮는다.

眞夜中にふと目がさめて、

わけもなく泣きたくなりて、

蒲團をかぶれる。

『슬픈 장난감悲しき玩具—한 줌의 모래 이후』에서

서글픈 것은

목마름 참아가며

추운 밤 이불 속에 웅크리고 있을 때

かなしきは

喉のかわきをこらへつつ

夜寒の夜具にちぢこまる時

『한 줌의 모래一握の砂 — 나를 사랑하는 노래我を愛する歌』에서

몇 번이라도 죽어볼까 하다가

죽지 못 했네

내 살아온 나날들 우습고도 슬퍼라

いくたびか死なむとしては

死なざりし

わが來しかたのをかしく悲し

『한 줌의 모래一握の砂 ― 못 잊을 이들忘れがたき人人』에서

나 해야 할 일 세상에 더 없어서

긴긴 나날을

이렇게나 서글픈 생각에 잠겨 있나

わが爲さむこと世に盡きて

長き日を

かくしもあはれ物を思ふか

『한 줌의 모래一握の砂 – 가을바람 고운 마음씨에秋風のこころよさに』에서

내 이름 아련히 불러보고

눈물 흘린다

열넷의 봄날로 돌아갈 도리 없어

己が名をほのかに呼びて

涙せし

十四の春にかへる術なし

『한 줌의 모래一握の砂 – 연기煙』에서

그저 한 걸음 나 삐끗해서 뒤처진 탓에 평생 못 사네

ただ一歩われあやまりて後れたるために生涯勝つこと得ず

『전집 1－가고歌稿 노트』에서

내가 품은 모든 사상
돈이 없어서 그런 듯
가을바람 불어온다

わが抱く思想はすべて
金なきに因するごとし
秋の風吹く

『한 줌의 모래一握の砂 ― 나를 사랑하는 노래我を愛する歌』에서

마음 기쁘게

내 할 일이 있어서

그 일 다한 뒤 죽을 수만 있다면 속으로 바라 본다

こころよく

我にはたらく仕事あれ

それを仕遂げて死なむと思ふ

『한 줌의 모래一握の砂 — 나를 사랑하는 노래我を愛する歌』에서

뭔가 한 가지 신기한 일 하고서
사람들 모두 놀라 하는 사이에
사라져야지 싶다

何かひとつ不思議を示し
人みなのおどろくひまに
消えむと思ふ

『한 줌의 모래一握の砂 – 나를 사랑하는 노래我を愛する歌』에서

푸른 하늘에 사라져 가는 연기
서글프게도 사라져 가는 연기
나하고 닮았을까

青空に消えゆく煙
さびしくも消えゆく煙
われにし似るか

『한 줌의 모래一握の砂 ― 연기煙』에서

스물셋 아아 내 살아온 날이란 모랫벌이런가 찍힌 발자국도 보이지 않으니

二十三ああわが來しは砂原か印しし足の跡かたもなし

『전집 1-가고歌稿 노트』에서

외딴집

탁한 뜬세상 거센 바람에 나 노여워,

외딴집 거친 바닷가의 정적으로 숨어 들었다.

밀려갔다, 밀려오는 영원의 파도는 부서지고,

부서져 서글픈 자연의 음악인 바다에,

몸은 이리 쓸쓸하고, 마음은 그저 떠돌 뿐,

고요히 생각컨대, — 바닷가 없이 지나쳐 온,

갈 곳 없는 생명의 항로에서, 어디로인가

나의 혼 외로운 배 노 저어 간다고.

저녁 파도 권태롭고, 바닥 모를 가슴 속 아우성,

그 빛깔, 소리, 모두 영원한 조화로

밀려와 부서지는 해 질 녘 이 잠깐 —

지는 해는 나를, 나는 지는 해를

바라보며 부르짖는다, 시작도 없는 어둠, 아니면

끝도 없는 빛이여, 모두 한데 묻어버리라고.

ひとつ家

にごれる浮世の嵐に我怒りて、

孤家、荒磯のしじまにのがれ入りぬ。

捲き去り、捲きくる千古の浪は砕け、

くだけて悲しき自然の樂の海に、

身はこれ寂寥兒、心はただよひつつ、

静かに思ひぬ、― 岸なき過ぎ來し方、

あてなき生命の舟路に、何處へとか

わが魂孤舟の梶をば向けて行く、と。

夕浪懶く、底なき胸のどよみ、

その色、音、皆不朽の調和もて、

捲きては砕くる入日のこの束の間 ―

沈む日我をば、我また沈む日をば

凝視めて叫ぶよ、無始なる暗、さらずば

無終の光よ、渾てを葬むれとぞ。

『동경あこがれ』에서

구원의 동아줄

번잡한 세상 어둠의 길에서,

아, 나는 영원한 사랑도 얻지 못하고,

미쳐버리기에는 보잘것없는 몸이어서,

그저 '죽음'의 바다로 갈까, 영원한

위안이여, 진주처럼 빛난들,

소용돌이치는 물줄기를 들여다보다가,

뛰어드는 찰나를 그저 단단히

나를 얽어매어 바위에 앉힌

아, 그 힘이여, 믿음 가득한 손의

구원의 동아줄인 줄 이제야 알았네.

救濟の綱

わづらはしき世の暗の路に、

ああ我れ、救遠の恋えなく、

狂ふにあまりに小さき身ゑ、

ただ『死』の海にか、とこしへなる

安慰よ、眞珠と光らむとて、

渦巻く黒潮の下に見つつ、

飛ばむの刹那を犇と許り、

我をば搦めて巖に据ゑし

ああその力よ、信のみ手の

救濟の綱とは今ぞ知りぬ。

『동경あこがれ』에서

心

말 못할 마음

까닭도 없이 내 머릿속에 물 담는 그릇 있는 듯해서
그저 가만 있는다

何となく頭の中に水盛れる器ある如しぢつとしてゐる

『전집 1－가고歌稿 노트』에서

내 가슴 바닥에 바닥에 누굴까 한 사람 숨어서 잠자코 우는 이

わが胸の底の底にて誰ぞ一人物にかくれて潜々と泣く

『전집 1－가고歌稿 노트』에서

손도 발도 따로따로 떨어진 듯
우울하게 깨는 잠!
서글프게 깨는 잠!

手も足もはなればなれにあるごとき
ものうき寢覺!
かなしき寢覺!

『슬픈 장난감悲しき玩具 — 한 줌의 모래 이후』에서

꿈에서 깨자 문득 슬퍼진
나의 잠이란
옛날 그랬듯 편치 않아라

夢さめてふつと悲しむ
わが眠り
昔のごとく安からぬかな

『한 줌의 모래一握の砂 – 연기煙』에서

무얼 하려고
여기 나 있었던가
이따금 깜짝 놀라 방 안을 바라본다

何すれば
此處に我ありや
時にかく打驚きて室を眺むる

『한 줌의 모래一握の砂－나를 사랑하는 노래我を愛する歌』에서

어느 날인가 나의 마음을

방금 구워낸

빵과 같다고 생각해 봤다

或る時のわれのこころを

焼きたての

麺麭に似たりと思ひけるかな

『한 줌의 모래一握の砂 — 나를 사랑하는 노래我を愛する歌』에서

더러운 버선 신어야 할 때

차마 신기 싫은 마음 같은

추억도 있구나

よごれたる足袋穿く時の

氣味わるき思ひに似たる

思出もあり

『한 줌의 모래一握の砂 — 못 잊을 이들忘れがたき人人』에서

서글퍼라 그토록 사내답던 혼이여
지금은 어디에서
무엇을 생각하나

あはれかの男のごときたましひよ
今は何處に
何を思ふや

『한 줌의 모래一握の砂 — 연기煙』에서

버림받은 여자 같은 서글픔을

약해빠진 사내가

느끼는 날이구나

放たれし女のごときかなしみを

よわき男の

感ずる日なり

『한 줌의 모래一握の砂 – 나를 사랑하는 노래我を愛する歌』에서

돌팔매질로 쫓겨나듯이

내 살던 곳 떠난 설움은

가실 날 없네

石をもて追はるるごとく

ふるさとを出でしかなしみ

消ゆる時なし

『한 줌의 모래一握の砂 — 연기煙』에서

뭐라도 하나

엄청나게 나쁜 일 저지르고는,

나 몰라라 하고만 싶은 마음이 든다.

何か一つ

大いなる惡事しておいて、

知らぬ顔してゐたき氣持かな。

『슬픈 장난감悲しき玩具—한 줌의 모래 이후』에서

목숨 없는 모래의 서글픔이여

사락 사라락

쥐어 보면 손가락 사이로 떨어진다

いのちなき砂のかなしさよ

さらさらと

握れば指のあひだより落つ

『한 줌의 모래一握の砂 – 나를 사랑하는 노래我を愛する歌』에서

어디선가 희미하게 벌레 울 듯

놓일 줄 모르는 마음

오늘도 가실 줄 몰라

何處やらむかすかに蟲のなくごとき

こころ細さを

今日もおぼゆる

『한 줌의 모래一握の砂—나를 사랑하는 노래我を愛する歌』에서

세상 모든 것 왠지 덧없이

저물어간다

온갖 서글픔 쌓인 날에는

ものなべてうらはかなげに

暮れゆきぬ

とりあつめたる悲しみの日は

『한 줌의 모래一握の砂 – 가을바람 고운 마음씨에秋風のこころよさに』에서

이래도 저래도, 이 달도 무사히 살았노라고,

별로 욕심도 없는

그믐날 밤이런가.

どうかかうか、今月も無事に暮らしたりと、

外に欲もなき

晦日の晩かな。

『슬픈 장난감悲しき玩具 — 한 줌의 모래 이후』에서

파랗게 비치는

슬픔의 구슬로 베개 삼고서

솔숲 바람 울림 밤새 듣는다

青に透すく

かなしみの玉に枕して

松のひびきを夜もすがら聴く

『한 줌의 모래一握の砂 – 가을바람 고운 마음씨에秋風のこころよさに』에서

모든 일의 끝이 보일 것 같은

이 서글픔이란

닦아낼 도리 없다

何もかも行末の事みゆるごとき

このかなしみは

拭ひあへずも

『한 줌의 모래一握の砂 — 나를 사랑하는 노래我を愛する歌』에서

인간에게 가장 큰 슬픔이란

이런 것인가

문득 두 눈을 꼭 감아 본다.

人間のその最大のかなしみが

これかと

ふつと目をばつぶれる。

『슬픈 장난감悲しき玩具—한 줌의 모래 이후』에서

한없이 높이 쌓아올린 회색 벽을 마주하고 나 홀로 운다

限りなく高く築ける灰色の壁に面して我ひとり泣く

『전집 1-가고歌稿 노트』에서

눈물이란 눈물이란

참 이상하네

눈물 닦으면 마음 도리어 장난기 드니

なみだなみだ

不思議なるかな

それをもて洗へば心戱けたくなれり

『한 줌의 모래一握の砂 – 나를 사랑하는 노래我を愛する歌』에서

인간이라면 쓰지 않을 말

혹시 어쩌면

나만 아는 것 같이 여겨지는 날

人間のつかはぬ言葉

ひよつとして

われのみ知れるごとく思ふ日

『한 줌의 모래一握の砂, — 나를 사랑하는 노래我を愛する歌』에서

죽어버리라고 스스로 화내도

아무 말도 않는

마음속 어두운 공허함

死ね死ねと己を怒り

もだしたる

心の底の暗きむなしさ

『한 줌의 모래一握の砂 – 나를 사랑하는 노래我を愛する歌』에서

성을 내 봐도 마음속 깊은 곳에 성나지 않는 곳 있어 서글프다

怒れども心の底の底になほ怒らぬところありてさびしき

『전집 1－가고歌稿 노트』에서

얼굴 붉히며 성을 내던 일이
이튿날에는
별일 아닌 걸 알아 서글퍼만 진다

顔あかめ怒りしことが
あくる日は
さほどにもなきをさびしがるかな

『한 줌의 모래一握の砂－나를 사랑하는 노래我を愛する歌』에서

애타는 마음아, 너 참 슬프겠다

자, 자, 이제 그만

살짝 하품이나 해 보려무나

いらだてる心よ汝はかなしかり

いざいざ

すこし呿呻などせむ

『한 줌의 모래一握の砂 – 나를 사랑하는 노래我を愛する歌』에서

운명이 오면 따를 수 있을까
의심해 본다 —
덮은 이불 무거운 한밤에 잠이 깨어.

運命の來て乘れるかと
うたがひぬ —
蒲團の重き夜半の寢覺めに。

『슬픈 장난감悲しき玩具 – 한 줌의 모래 이후』에서

공연히 스스로 대단한 이라도 되는 양
여기고 있었네.
어린아이였었네.

何となく自分をえらい人のやうに
思ひてゐたりき。
子供なりしかな。

『슬픈 장난감悲しき玩具 – 한 줌의 모래 이후』에서

줄 끊어진 연만 같이

젊은 날의 마음일랑 가벼웁게

날아가 버렸네

糸切れし紙鳶のごとくに

若き日の心かろくも

とびさりしかな

『한 줌의 모래一握の砂 – 연기煙』에서

코냑 마시고 취한 뒤끝에

부드러운

이 서글픔은 부질없어라

コニヤツクの醉ひのあとなる

やはらかき

このかなしみのすずろなるかな

『한 줌의 모래一握の砂 — 못 잊을 이들忘れがたき人人』에서

적막함을 원수처럼 친구처럼 지내다가

눈 속에서

기나긴 생 보내는 이도 있더라

寂莫を敵とし友とし

雪のなかに

長き一生を送る人もあり

『한 줌의 모래一握の砂 — 못 잊을 이들忘れがたき人人』에서

서글퍼라 나의 노스텔지어는

순금과 같이

마음을 비추어라 맑고도 쉴 새 없이

あはれ我がノスタルジヤは

金のごと

心に照れり清くしみらに

『한 줌의 모래一握の砂 – 연기煙』에서

새로운 내일이 온다고 믿는다는

나의 말에

거짓이야 없다만 —

新しき明日の來るを信ずといふ

自分の言葉に

嘘はなけれど —

『슬픈 장난감悲しき玩具 — 한 줌의 모래 이후』에서

끝도 안 보일

곧게 뻗은 거리 걸어가는 듯한

마음이야 오늘은 품어 볼 수 있을까

はても見えぬ

眞直ぐの街をあゆむごとき

こころを今日は持ちえたるかな

『한 줌의 모래一握の砂 – 나를 사랑하는 노래我を愛する歌』에서

까닭 모르게

숨찰 때까지 달려가 보고 싶어만지네

풀밭 같은 데를

何がなしに

息きれるまで驅け出してみたくなりたり

草原などを

『한 줌의 모래一握の砂—나를 사랑하는 노래我を愛する歌』에서

드넓은 들을 달리는 기차처럼,

이 괴로움은,

이따금 내 마음 가로질러 간다.

曠野ゆく汽車のごとくに、

このなやみ、

ときどき我の心を通る。

『슬픈 장난감悲しき玩具 — 한 줌의 모래 이후』에서

어슴푸레한 생각

어슴푸레하게도 흔들리는 등불이 있다.

어슴푸레하게도 지금 나의 마음,
아득히 먼 인적 없는 섬의
동굴 속에서 환한 빛을 피한다.

어슴푸레하게도 흔들리는 등불이 있다.

어슴푸레하게도 지금 나의 마음,
봄밤 먼 곳에 있는 사람을 그리며
눈물로 젖은 생각.

나의 생각, 어슴푸레하게 떨린다.

幽思

ほのかにも揺らげる灯あり。

ほのかにも今我が心、
はるかなる人無き島の
洞内の光明を忍ぶ。

ほのかにも揺らげる灯あり。

ほのかにも今我が心、
春の夜遠方人の
涙にし濡れたる思ひ。

我が思ひ、幽かに顫ふ。

『전집 1－잡지에 발표된 시』에서

고독의 경지

낡은 떡갈나무 고목에 기대어
묘비 서 있는 언덕에 오르면,
사람들 목소리 멀리 떨어져,
저녁 어둠에 내 세상은 뜬다.

생각의 날개 몹시도 힘차게
푸른 하늘의 빛을 쫓으면,
새로 핀 꽃으로 지은 장옷
자연스레 가슴을 감싼다.

이끼 아래에 고이 잠든
옛사람의 편안함 같이
내 세상이야 영혼의 성스러운
흰 아지랑이 꽃 같은 새벽.

고통 없는 향기를 마시면,
둥그런 가슴 빛 속으로 보인다.
꽃잎에 소매가 닿으면
사랑의 노래 어렴풋이 운다.

아 땅 위에 밤이 거칠고
검은 안개 세상을 덮을 때
내 숨은 하늘과 통하여
환상의 그림자에 취할까.

孤境

老樫の枯樹によりて
墓碣の丘邊に立てば、
人の聲遠くはなれて、
夕暗に我が世は浮ぶ。

想ひの羽いとすこやかに
おほ天の光を追へば、
新たなる生花被衣
おのづから胸をつつみぬ。

苔の下やすけくねむる
故人のやはらぎの如、
わが世こそ靈の聖なる
白靄の花のあけぼの。

いたみなき香りを吸へば
つぶら胸光と透きぬ。
花びらに袖のふるれば、
愛の歌かすかに鳴りぬ。

ああ地に夜の荒みて

黒霧の世を這ふ時し、

わが息は天に通ひて、

幻の影に酔ふかな。

『동경あこがれ』에서

旅

길 위의 노래

집을 나서서 들 지나 산 넘고 바다 건너서 서글퍼라 어디론가 가고만 싶어라

家をいでて野こえ山こえ海こえてあはれ何處にか行かむとおもふ

『전집 1-가고歌稿 노트』에서

새로 맞춘 양복 입고

길 떠나 보자

그렇게 올해도 생각만 하다가 지난다

あたらしき背廣など着て

旅をせむ

しかく今年も思ひ過ぎたる

『한 줌의 모래一握の砂 — 나를 사랑하는 노래我を愛する歌』에서

어떻게든지 집 나서 보면
환한 햇살도 따사로우니
깊은 숨 쉰다

とかくして家を出づれば
日光のあたたかさあり
息ふかく吸ふ

『한 줌의 모래一握の砂 – 나를 사랑하는 노래我を愛する歌』에서

기차 여행 때

어느 들판 한 가운데 정거장의

여름 풀 내음 문득 그리워라

汽車の旅

とある野中の停車場の

夏草の香のなつかしかりき

『한 줌의 모래一握の砂 – 장갑을 벗을 때手套を脱ぐ時』에서

까닭 없이 기차를 타고 싶었을 뿐

기차에서 내려 보니

갈 곳도 없다

何となく汽車に乗りたく思ひしのみ

汽車を下りしに

ゆくところなし

『한 줌의 모래一握の砂 ― 나를 사랑하는 노래我を愛する歌』에서

마치 병인 양
고향 생각 끓어오르는 날이네
눈에 파란 하늘 연기 서글퍼라

病のごと
思郷のこころ湧く日なり
目にあをぞらの煙かなしも

『한 줌의 모래一握の砂 – 연기煙』에서

고향 사투리 그리워져서
정거장 사람들 물결 속에
들으러 간다

ふるさとの訛なつかし
停車場の人ごみの中に
そを聴きにゆく

『한 줌의 모래一握の砂 – 연기煙』에서

거센 비 내리는 한밤의 기차
쉴 새도 없이 방울져 흐르는
유리창이어라

雨つよく降る夜の汽車の
たえまなく雫流るる
窓硝子かな

『한 줌의 모래一握の砂 — 못 잊을 이들忘れがたき人人』에서

유리창에도
먼지랑 빗물 섞여 흐린 유리창에도
서글픔은 있더라

窓硝子
塵と雨とに曇りたる窓硝子にも
かなしみはあり

『한 줌의 모래一握の砂 – 못 잊을 이들忘れがたき人人』에서

비에 젖은 밤 기차 창문에

비쳐 어리는

산속 마을 등불 빛깔

雨に濡れし夜汽車の窓に

映りたる

山間の町のともしびの色

『한 줌의 모래一握の砂 — 못 잊을 이들忘れがたき人人』에서

잊고 온 담배를 생각한다

가도 또 가도

산은 더욱 멀고 눈 온 들의 기차

忘れ來し煙草を思ふ

ゆけどゆけど

山なほ遠き雪の野の汽車

『한 줌의 모래一握の砂 – 못 잊을 이들忘れがたき人人』에서

수증기

열차 창에 꽃처럼 얼어붙어 물드는

새벽녘 하늘 빛깔

水蒸気

列車の窓に花のごと凍てしを染むる

あかつきの色

『한 줌의 모래一握の砂 — 못 잊을 이들忘れがたき人人』에서

몹시도 기차에서 시달리면서
드문드문 느끼는 것은
안쓰러운 내 모습이네

いたく汽車に疲れて猶も
きれぎれに思ふは
我のいとしさなりき

『한 줌의 모래一握の砂 — 못 잊을 이들忘れがたき人人』에서

아무것도 생각지 않고

하루 또 하루

기차 기적에 마음 맡긴다

何事も思ふことなく

日一日

汽車のひびきに心まかせぬ

『한 줌의 모래一握の砂 — 못 잊을 이들忘れがたき人人』에서

눈 속에서

여기저기에 지붕 보이고

굴뚝 연기 희미하게 하늘로 떠 흘러간다

雪のなか

處處に屋根見えて

煙突の煙うすくも空にまよへり

『한 줌의 모래一握の砂 — 못 잊을 이들忘れがたき人人』에서

한 줄로 나란히 헤엄치듯이

집집마다 높고 낮은 처마에

겨울 해가 춤춘다

ひとならび泳げるごとき

家家の高低の軒に

冬の日の舞ふ

『한 줌의 모래一握の砂 – 못 잊을 이들忘れがたき人人』에서

오늘 문득 산이 그리워서

산에 올랐다.

작년 걸터앉았던 바위 찾아 앉는다.

今日ひよいと山が戀しくて

山に來ぬ。

去年腰掛けし石をさがすかな。

『슬픈 장난감悲しき玩具 — 한 줌의 모래 이후』에서

높은 산 꼭대기에 올라갔다

까닭도 없이 모자 흔들고는

도로 내려왔네

高山のいただきに登り

なにがなしに帽子をふりて

下り來しかな

『한 줌의 모래一握の砂 – 나를 사랑하는 노래我を愛する歌』에서

까닭도 없이 바다가 보고 싶어

바다에 왔다

마음속의 상처를 견디기 힘든 날에

ゆゑもなく海が見たくて

海に來ぬ

こころ傷みてたへがたき日に

『한 줌의 모래一握の砂 — 못 잊을 이들忘れがたき人人』에서

그저 혼자서 바다만 바라보며 드높이 노래하는 쓸쓸한 이 되었네

ただ一人海に向ひて高らかに歌ふさびしき人となりにき

『전집 1－가고歌稿 노트』에서

이름만 알 뿐 인연도 아는 이도 없는 낯선 땅

여관이 편안하네

꼭 나 사는 집처럼

名のみ知りて緣もゆかりもなき土地の

宿屋安けし

我が家のごと

『한 줌의 모래一握の砂 — 못 잊을 이들忘れがたき人人』에서

훌쩍 바람처럼 집 떠났다가

바람처럼 돌아오는 버릇이여

친구들은 비웃건만

飄然と家を出でては

飄然と歸りし癖よ

友はわらへど

『한 줌의 모래一握の砂 — 나를 사랑하는 노래我を愛する歌』에서

새하얀 램프 갓에

손을 대고서

추운 밤에 드는 상념

眞白なるラムプの笠に

手をあてて

寒き夜にする物思ひかな

『한 줌의 모래一握の砂 — 장갑을 벗을 때手套を脫ぐ時』에서

새하얀 램프 갓에

새겨진 흠집마냥

떠돌이 기억은 지우기 어렵네

眞白なるラムプの笠に

瑕のごと

流離の記憶消しがたきかな

『한 줌의 모래一握の砂 — 못 잊을 이들忘れがたき人人』에서

정신 차리니
함초롬히 밤안개 내려 깔렸고
한참이나 거리를 헤매고 있었더라

氣がつけば
しつとりと夜霧下りて居り
ながくも街をさまよへるかな

『한 줌의 모래一握の砂 – 장갑을 벗을 때手套を脫ぐ時』에서

나 언제나 혼자 걸었다 아버지 장례식 날에도 먼 여행길에도

われつねに一人歩みぬわが父葬りの日にも遠き旅にも

『전집 1－가고歌稿 노트』에서

그 여행길 밤 기차 창 보며

생각했었다

내 가야 할 길 서글플 것을

かの旅の夜汽車の窓に

おもひたる

我がゆくすゑのかなしかりしかな

『한 줌의 모래一握の砂 — 못 잊을 이들忘れがたき人人』에서

걸음

시작도 없고, 또 끝도 없는

시간을 새기려, 기둥의

시곗바늘은 소리 내며 간다.

좁고, 짧고, 쉽게 지나칠

목숨 새기려, 나의 발은

온종일 길을 걷는지도

あゆみ

始めなく、また終りなき

時を刻むと、柱なる

時計の針はひびき行け。

せまく、短かく、過ぎやすき

いのち刻むと、わが足は

ひねもす路を歩むかも

『동경あこがれ』에서

버들잎

전차 창으로 들어와,
무릎에 떨어진 버들잎 —

여기에도 조락이 있다.
그래. 이 여자도
정해진 길을 걸어 왔겠다 —

여행 가방을 무릎에 올려두고,
수척하게, 서글프게, 그러나 요염하게
졸고 있는 옆자리 여자.
너는 이제부터 어디로 가니?

柳の葉

電車の窓から入って來て、

膝にとまった柳の葉 —

此處にも凋落がある。

然り。この女も

定まった路を歩いて來たのだ —

旅鞄を膝に載せて、

やつれた、悲しげな、しかし艶かしい、

居睡を初める隣の女。

お前はこれから何處どこへ行く?

『다쿠보쿠 시집啄木詩集』에서

季

덧없는 세월

어디에선가

젊은 여인이 죽을 것처럼 괴롭나 보다

봄날의 진눈깨비 내린다

何處やらに

若き女の死ぬごとき惱ましさあり

春の霙降る

『한 줌의 모래一握の砂 – 장갑을 벗을 때手套を脫ぐ時』에서

사락 사라락 비가 내려서

마당 위 젖는 것 보다가

눈물을 잊는다

さらさらと雨落ち來り

庭の面の濡れゆくを見て

涙わすれぬ

『한 줌의 모래一握の砂 — 가을바람 고운 마음씨에秋風のこころよさに』에서

봄날 비 사흘쯤 내려서 싹이 튼 이름 모를 풀도 붉게 몽우리 맺는다

春の雨三日ほど降りて萌えいでし名もなき草も紅く蕾ぬ

『전집 1－가고歌稿 노트』에서

그리 가늘고 가녀린 풀 줄기에 피어 났더라 한 송이 꽃이

かく細きかよわき草の莖にだも咲きてありけり一輪の花

『전집 1－가고歌稿 노트』에서

아침 바람에 전차 안으로 날려 들어온

버들잎 하나

들어서 본다

あさ風が電車のなかに吹き入れし

柳のひと葉

手にとりて見る

『한 줌의 모래一握の砂 – 장갑을 벗을 때手套を脱ぐ時』에서

저무는 봄날 연인 없는 사람도 살짝 사랑에 찬 눈빛을 띠고 있다

春のくれ戀なきひともそれとなく戀ふるが如き眼してありきぬ

『전집 1—가고歌稿 노트』에서

봄날은 오늘 떠나려 한다 그대 보며 나 눈물 떨구는 까닭 몰라도

春の日は今日ゆかむとす君を見てわれ落涙す故を知らずも

『전집 1－가고歌稿 노트』에서

남보다 먼저

여름 온 것을 알아채면서

비 갠 작은 뜰 흙냄새 맡다

するどくも

夏の來るを感じつつ

雨後の小庭の土の香を嗅ぐ

『한 줌의 모래一握の砂 – 장갑을 벗을 때手套を脫ぐ時』에서

오래오래 잊었던 벗이랑

만난 것처럼

기쁜 마음으로 물소리 듣는다

長く長く忘れし友に

會ふごとき

よろこびをもて水の音聽く

『한 줌의 모래一握の砂 – 가을바람 고운 마음씨에秋風のこころよさに』에서

여름 달빛은 창을 쓸어 훔치듯 자는 사람 얼굴에 입맞추더라

夏の月は窓をすべりて盗むごと人の寝顔に口づけにける

『전집 1－가고歌稿 노트』에서

새하얀 연꽃 늪에서 피듯

서글픈 마음

취중에도 또렷하게 떠오른다

白き蓮沼に咲くごとく

かなしみが

醉ひのあひだにはつきりと浮く

『한 줌의 모래一握の砂 — 장갑을 벗을 때手套を脫ぐ時』에서

시원하게도 한껏 꾸며둔

유리 가게 앞에서 바라다본다

한여름 밤 달

すずしげに飾立てたる

硝子屋の前にながめし

夏の夜の月

『한 줌의 모래一握の砂 — 장갑을 벗을 때手套を脱ぐ時』에서

언제나 평소 입버릇처럼 하던 혁명이란 말 조심하면서 가을에 든다

つね日頃好みで言ひし革命の語をつつしみて秋にいれりけり

『전집 1－가고歌稿 노트』에서

가을이 오면

사랑의 마음 쉴 틈이 없네

밤에도 잠 못 들고 기러기 소리 듣네

秋來れば

戀ふる心のいとまなさよ

夜もい寢がてに雁多く聽く

『한 줌의 모래一握の砂 – 가을바람 고운 마음씨에秋風のこころよさに』에서

가을이 오는 건 흐르는 물 같아

씻어낸 듯이

생각은 하나같이 새로워지니

秋立つは水にかも似る

洗はれて

思ひことごと新しくなる

『한 줌의 모래一握の砂 – 가을바람 고운 마음씨에秋風のこころよさに』에서

눈에 익은 산이지만

가을이 오면

하느님 사실까 봐 단정히 바라본다

目になれし山にはあれど

秋來れば

神や住まむとかしこみて見る

『한 줌의 모래一握の砂 — 가을바람 고운 마음씨에秋風のこころよさに』에서

포도 빛깔의

긴 의자 위에서 잠들어 버린 고양이 희부윰한

가을의 해 질 무렵

葡萄色の

長椅子の上に眠りたる猫ほの白き

秋のゆふぐれ

『한 줌의 모래一握の砂 – 장갑을 벗을 때手套を脫ぐ時』에서

은은히 풍기는 썩은 나무 향기
그 속의 버섯 향기로
가을 점점 깊어 간다

ほのかなる朽木の香り
そがなかの蕈の香りに
秋やや深し

『한 줌의 모래一握の砂 – 가을바람 고운 마음씨에秋風のこころよさに』에서

온 하늘 온 땅에

내 슬픔 달빛과 어울려

두루두루 가을밤이 되었구나

あめつちに

わが悲しみと月光と

あまねき秋の夜となれりけり

『한 줌의 모래一握の砂 – 가을바람 고운 마음씨에秋風のこころよさに』에서

소곤소곤히
여기저기에 벌레가 운다
한낮 들에 와서 편지 읽나 보다

ほそぼそと
其處ら此處らに蟲の鳴く
晝の野に來て讀む手紙かな

『한 줌의 모래一握の砂 – 장갑을 벗을 때手套を脫ぐ時』에서

인적도 없이 넓은 거리에

가을밤 오면

옥수수 굽는 냄새여

しんとして幅廣き街の

秋の夜の

玉蜀黍の焼くるにほひよ

『한 줌의 모래一握の砂 – 못 잊을 이들忘れがたき人人』에서

숨 쉬어 보면,

가슴 깊은 곳부터 울리는 소리.

가을 찬 바람보다 쓸쓸한 그 소리!

呼吸すれば、

胸の中にて鳴る音あり。

凩よりもさびしきその音!

『슬픈 장난감悲しき玩具－한 줌의 모래 이후』에서

서글픈 것은

가을바람이더라

어쩌다 샘솟던 눈물이 때 없이 흐르니

かなしきは

秋風ぞかし

稀にのみ湧し涙の繁に流るる

『한 줌의 모래一握の砂 – 가을바람 고운 마음씨에秋風のこころよさに』에서

가을 하늘이 휑하고 적막해서 그늘도 없다

너무도 쓸쓸해서

까마귀도 날겠네

秋の空廓寥として影もなし

あまりにさびし

烏など飛べ

『한 줌의 모래一握の砂 – 가을바람 고운 마음씨에秋風のこころよさに』에서

아빠처럼 가을은 엄하다

엄마처럼 가을은 정겹다

가족 없는 아이에게

父のごと秋はいかめし

母のごと秋はなつかし

家持たぬ兒に

『한 줌의 모래一握の砂 – 가을바람 고운 마음씨에秋風のこころよさに』에서

가을 네거리

네 갈래의 길 중에서 세 갈래로 불던 바람

흔적도 없네

秋の辻

四すぢの路の三すぢへと吹きゆく風の

あと見えずかも

『한 줌의 모래一握の砂 – 가을바람 고운 마음씨에秋風のこころよさに』에서

저무는 가을 썩는 낙엽 가여워, 부산스레 좇아가 문 열고 나선다.

行く秋の朽つる落葉を憐れみて、あはたゞしうも追ひし門出や。

『전집 1-가고歌稿 노트』에서

떠돌던 자식

고향에 돌아와서 잠드는 듯이

그저 소리도 없이 겨울이 다가온다

旅の子の

ふるさとに來て眠るがに

げに靜かにも冬の來しかな

『한 줌의 모래一握の砂 — 가을바람 고운 마음씨에秋風のこころよさに』에서

사락 사라락 얼음 조각이

파도에 운다

바닷가 달밤 오가는 길에

さらさらと氷の屑が

波に鳴る

磯の月夜のゆきかへりかな

『한 줌의 모래一握の砂 — 못 잊을 이들忘れがたき人人』에서

소리도 없이 눈 내려 쌓이는 겨울밤 추억 더욱 또렷이 떠오르건만

音もなく雪ふりつもる冬の夜の思出に猶さやかなれども

『전집 1—가고歌稿 노트』에서

숨 쉴 때마다
콧속이 꽁꽁 얼어붙을 듯
차가운 공기 마시고 싶다

吸ふごとに
鼻がぴたりと凍りつく
寒き空氣を吸ひたくなりぬ

『한 줌의 모래一握の砂 — 못 잊을 이들忘れがたき人人』에서

어디에선가
감귤 껍질 굽는 냄새 풍겨 오고
해는 저문다

そことなく
蜜柑の皮の焼くるごときにほひ殘りて
夕となりぬ

『한 줌의 모래一握の砂 – 장갑을 벗을 때手套を脫ぐ時』에서

나팔꽃

아, 백 년의 긴 목숨을 지녀도
어둠의 감옥에서 무슨 소용 있을까?
깨어서 광명 속에서 살아가도록
오히려 하루의 영화를 바라야지.

잠 못 드는 밤의 고민으로
멍하니 서 있는 아침의 문.
(이것도 자비의 빛의 미소여라.)
나팔꽃을 보고 나는 울었다.

あさがほ

ああ百年の長命も

暗の牢舎に何かせむ。

醒めて光明に生きぬべく、

むしろ一日の榮願ふ。

寢がての夜のわづらひに

昏耗けて立てる朝の門、

(これも慈光のほほゑみよ、)

朝顔を見て我は泣く。

『동경あこがれ』에서

비에 젖어서

늙은 매화나무에 비 내려,

비에 젖어서,

마당 돌은 찬 기운 더하고

떨어진 잎을 얹었다.

이렇게 가을은 와서, 한없는

서글픔이 돌에 깃든다.

수심으로 울어 눈물의

비에 젖어서,

너에게 깃든 나는,

두근거리는 따뜻함 돌에 떨어지는

낙엽보다 나은 줄 깨닫는 날.

雨にぬれて

梅の老樹に雨降り、

雨に濡れて、

庭石冷ぞまされ

おち葉を載せたり。

かくして秋來ぬ、限りなさの

かなしみ石にぞ凭りぬる。

愁ひて泣くに、涙の

雨に濡れて、

君に凭るなる我や、

ときめく温かみ石に散れる

落葉にまさると知る日や。

『다쿠보쿠 시집啄木詩集』에서

에필로그

눈을 감고서

휘파람 희미하게 불어나 본다

잠 못 드는 밤이면 창가에 기댄 채로

目をとぢて

口笛かすかに吹きてみぬ

寐られぬ夜の窓にもたれて

『한 줌의 모래一握の砂 – 장갑을 벗을 때手套を脫ぐ時』에서

산문

먹어야 할 시
단카短歌는 나의 슬픈 장난감
아름다움을 찾으려고 애쓰는 마음
전원田園을 사모思慕함
무엇을 위해 사는가
무한한 권위
영靈이 있는 이는 영에 감응한다
문득문득 마음에 떠오르는 느낌과 회상
담배를 피우다가
손을 보면서
파괴

먹어야 할 시

시라는 것에 대해서 나는 제법 오랫동안 방황했다.

그저 시에 대해서만이 아니다. 내가 오늘날까지 걸어온 길이란 마치 손에 잡고 있는 촛불의 초가 보면 볼수록 줄어들어 가듯이, 생활이란 것의 위력 탓에 내 '청춘'이 날마다 줄어들어 온 길이다. 그때그때 나를 변호하기 위해 여러 가지 핑계를 생각해 내보아도 그것이 언제나 이튿날의 나를 만족시키지 못했다. 초가 다 줄어들어 버렸다. 불이 꺼졌다. 수십 일 동안 암흑 속에 몸을 내던져 놓은 상태가 지났다. 얼마 지나지 않아 어둠 속에 내 눈이 어둠에 익숙해지기를 묵묵히 기다리는 상태도 지났다.

그리고 지금 전혀 다른 마음으로 내가 지나온 길을 생각해 보면 그곳에서 여러 가지 말하고 싶은 일들이 있었던 듯하다.

*

이전에 나도 시를 쓴 적이 있었다. 열일곱 열여덟 살 무렵부터 두어 해 동안이다. 그 무렵 내게는 시밖에 아무것도 없었다. 아침부터 밤까지 무언가 알 수 없는 것을 동경하는 마음은 그저 시를 쓰는 것으로써 어느 정도 표현할 방법을 얻었다. 그렇게 그런 마음밖에 나는 아무것도 가지고 있지 않았다. — 그 무렵 시란 것은 누구나 다 알듯이 공상과 유치한 음악, 미약한 종교적 요소(또는 그것과 비슷한 요소) 밖에는 관습적인 감정만 있을 뿐이었다. 나 스스로 그 무렵의 시 창작의 태도를 되돌아보니 한 가지 말해 두고 싶은 것이 있다. 그것은 실감을 시로 노래하기까지는 제법 번거로운 절차가 필요하다는 것이다.

예컨대 삼 제곱센티미터 남짓한 빈 땅에 삼 미터가 넘는 나무가 서 있고 그 나무에 해가 비치는 것을 보고서 어떤 느낌을 얻었다고 해 보자. 빈 땅을 광야로, 나무를 거목으로, 해를 아침 해나 저녁 해로, 더구나 그것을 본 나 자신을 시인이라고, 여행자라고, 우수에 찬 젊은이라고 하지 않으면 그 느낌이 당시 시의 분위기에 맞지 않을 뿐더러 스스로 만족할 수 없었다.

*

두세 해가 흘렀다. 내가 그 절차에 점점 익숙해졌을 때는 동시에 내가 그런 절차를 번거롭게 생각하게 된 때이기도 했다. 그래서 그 무렵 이른바 '흥이 솟는 때'에는 쓰지 않고 도리어 나 스스로 경멸하는 마음이 들 때나 잡지의 마감 같은 현실의 사정에 쫓길 때면 시를 쓰는 기묘한 일이 일어났다. 월말이 되면 시가 잘 쓰였다. 그것은 월말이 되면 나 스스로를 경멸하지 않고서는 못 배길 사정이 나에게 있었기 때문이었다.

그렇게 '시인'이나 '천재' 같이 그 무렵 청년들을 까닭도 없이 취하게 한 휘발성의 낱말이 어느새인가 나를 취하게 하지 않았다. 사랑에서 깨어난 듯한 공허한 느낌이 나 스스로를 생각할 때는 물론 시인 선배를 만나거나 그들의 시를 읽을 때에도 내내 나를 떠나지 않았다. 그것이 그때 나의 서글픔이었다. 그렇게 그때는 내가 시 창작의 관용적인 공상화의 절차가 나의 모든 일에 대한 태도에 스며들어있던 때였다. 공상화하는 일 없이는 아무것도 생각나지 않게 되었다.

상징시라는 말이 그 무렵 처음으로 일본의 시단에 전해졌다. 나도 "우리 시는 이대로여서는 안 돼" 하고 막연히 생각했지만, 그 새로운 수입품에 대해서는 '한때 빌린 물건'이라는 느낌이 따라다녔다.

그렇다면 어떻게 하면 좋을까? 그 문제를 진지하게 생각하기에는 여러 가지 의미에서 내 소양이 모자랐다. 뿐만 아니라 시 창작 그 자체에 대한 막연하게 공허한 느낌이 나의 마음을 한 곳에 집중하지 못하게 방해했다. 더구나 그 무렵 내가 생각하고 있던 '시'와 지금 생각하고 있는 '시'가 매우 달랐던 것은 두말할 나위도 없다.

*

스무 살 때 내 경우에는 매우 큰 변화가 일어났다. 고향에 돌아가게 된 일과 결혼이라는 사건과 함께 아무 재산도 없는 한 집

안의 생계를 책임져야 한다는 일이 한꺼번에 나에게 떨어졌다. 그래서 나는 그 변화에 대해 아무런 방침도 정할 수 없었다. 대강 그 후부터 오늘날까지 내가 받은 고통이란 모두 공상가 — 책임에 대한 태도의 비겁자가 당연히 한 번은 받아야 할 성질의 것이었다. 그래서 특히 나처럼 시를 쓰는 일과 그와 관련한 가련한 자긍심 외에는 아무 기술도 없는 이로서는 그 고통을 한층 거세게 받을 수밖에 없었다.

*

시를 쓰던 무렵에 대한 회상은 미련에서 애상이 되고, 애상에서 자조가 되었다. 남의 시를 읽을 흥미도 완전히 잃어버렸다. 눈을 감은 양 생활이라는 것 속으로 깊게 들어가는 기분이란 때로는 마치 가려운 부스럼을 내 손으로 메스를 집고 갈라내야 하는 듯한 쾌감을 수반하기도 했다. 또 때로는 오르다 만 언덕에서 허리에 밧줄이 묶여 뒤로 끌려 내려오는 듯도 여겨졌다. 그래서 한 곳에 있다가 점점 그곳에서 움직일 수 없는 기분이 들면 나는 거의 까닭도 없이 나 자신의 처지에 애써 힘을 내어 반항하려고 했다. 그 반항은 언제나 나에게 불리한 결과를 가져왔다. 고향 이와테岩手에서 하코다테函館로, 하코다테에서 삿포로札幌로, 삿포로에서 오타루小樽로, 오타루에서 구시로釧路로 — 나는 그런 식으로 밥벌이를 찾아서 흘러 다녔다. 어느 사이엔가 시와 나는 타인처럼 되고 말았다. 이따금 이전에 내가 쓴 시를 읽었다는 이와 만나서 옛이야기를 들으면 일찍이 함께 방탕했던 친구에게서 옛 여인의 소식을 듣는 것 같은 불쾌한 느낌이 들었다. 생활의 맛은 그만큼 나를 변화시켰다. "신체新體시인입니다"라고 나를 구시로의 신문사에 데려간 온후한 노정치가가 어떤 이에게 소개했다. 나는 그때만큼 격렬히 남의 호의로부터 모멸감을 느낀 적이 없었다.

*

사상과 문학의 두 분야에 걸쳐서 일어난 현저하게 새로운 운동의 목소리는 먹을거리를 구해서 북으로 북으로 달려가는 내 귀에도 울려 퍼지지 않을 수 없었다. 공상문학에 대한 싫증과 실생활에서 얻은 다소간의 경험은 머지않아 내게도 그 새로운 운동의 정신을 불어넣고야 말았다. 멀리서 바라보자니 내가 탈출한 집에 불이 나서 순식간에 불타오르는 것을 어두운 산 위에서 내려다보는 심정이었다. 지금 생각해도 그 심정은 잊을 수 없다.

시가 내용으로도 형식으로도 오랫동안 관습을 탈피하여 자유를 추구하고, 시어를 현대 일상의 말에서 고르려는 새로운 노력에 대해서도 물론 나는 반항할 아무런 이유도 없었다. "물론 그래야지." 그렇게 나는 마음속으로 생각했다. 그러나 그것을 입 밖으로 꺼내어 누구에게도 말하고 싶지 않았다. 말을 해도 "그러나 시에는 본래 어떤 제약이 있다. 시가 진정한 자유를 얻을 때란 그것이 산문이 되고 말 때여야 한다"라는 식으로 말했다. 나는 내 경력상 아무래도 시의 장래가 유망하다고 생각하고 싶지 않았다. 이따금 그런 새로운 운동에 관여하는 사람들의 시를 어쩌다가 보는 잡지에서 읽고서는 그 시의 졸렬함을 마음속으로 조용하게 기뻐하고 있었다.

산문 자유의 국토! 무엇을 쓰려고 정한 것은 없어도 막연한 생각으로 나는 내내 도쿄東京의 하늘을 그리워하고 있었다.

*

구시로는 추운 곳이었다. 그저 추운 곳이었다. 때는 일월 말 눈과 얼음에 묻혀서 강마저 대부분 모습을 감춘 홋카이도北海道를 서쪽에서 동쪽으로 횡단해서 도착하고 보니 섭씨 영하 삼십 도에서 삼십오 도로 공기도 얼어붙은 듯한 아침이 날마다 계속되었다. 얼어붙은 하늘, 얼어붙은 땅. 하룻밤 눈보라로 집마다 추녀가 완전히 막힌 듯이 보였다. 넓고 추운 항구 안쪽에는 어디에서부터인지도 모를 물이 밀려들어 와 며칠이나 배도 움직이지 못하고 파도도 일지 않는 때가 있었다. 나는 태어나서 처음으로 술을 마셨다.

*

드디어 그 생활의 뿌리를 낱낱이 드러낸 북방 식민지의 인정은 심지어 내 약한 마음에 상처를 입혔다.

사백 톤이 안 되는 낡은 배에 올라 나는 구시로 항을 떠났다. 그렇게 도쿄로 돌아왔다.

돌아온 나는 이전의 내가 아닌 것만 같았고, 도쿄도 이전의 도쿄가 아니었다. 돌아와서 나는 먼저 새로운 운동에 공감을 하지 않는 이가 의외로 많은 것을 보고 놀랐다. 그보다는 일종의 애상의 감정이 들었다. 나는 물러나서 생각해 보았다. 그러나 내가 눈 속에서 안고 온 생각은 막연하고 유치한 것이었지만 잘못된 것이라고는 생각하지 않았다. 그래서 몇 사람이 태도로는 마치나 스스로 구어시口語詩의 시도에 대해 지닌 마음가짐과 비슷한 점이 있음을 발견했을 때, 갑자기 나는 나 자신의 비겁함에 격렬하게 반감을 느꼈다. 이 반감의 반감에서 나는 아직 미완성이어서 여러 가지 비판을 면하기 어려웠던 구어시에 대해 남들 이상으로 공감하게 되었다.

*

그러나 그 때문에 열심히 그들 새로운 시인의 시를 읽게 된 것은 아니었다. 그 사람들에게 공감한다는 것은 반드시 나 자신의 자기 혁명의 한 부분일 뿐이었다. 물론 내가 그런 시를 쓰고자 하는 마음을 가지게 된 것도 아니었다. "나도 구어시를 쓴다"라는 식의 말은 여러 번 했다. 그러나 그럴 때에는 "만약 시를 쓴다면" 이라는 전제를 마음에 두고 있던 때이거나, 그렇지 않으면 구어시에 대해 극도의 반감을 품은 이와 만났을 때였다.

그사이 나는 사오백 수의 단카短歌를 지었다. 단카! 그 단카를 쓴다는 것은 두말할 나위도 없이 위에서 쓴 마음가짐과 어긋난다.

*

그러나 단카를 쓴 데에는 나름의 이유가 있었다. 나는 소설을 쓰고 싶었다. 아니, 쓸 생각이었다. 또 실제로 써 보았다. 하지만 결국 쓸 수 없었다. 그때 마침 부부 싸움을 하고서 아내에게 진 남편이 이유도 없이 아이를 야단치고 함부로 하는 듯한 일종의 쾌감을 나는 제멋대로 단카라는 시의 한 형식에 함부로 발산하고 있음을 발견했다.

*

이윽고 일 년간 괴로운 노력이 온전히 허망했음을 인정해야 할 날이 왔다. 스스로 자살할 수 있는 남자란 아무래도 믿기 어렵지만 만약 정말로 죽는 일이 일어난다면……. 그런 일이 일어나기라도 하듯이 생각해서 저 모리카와마치森川町의 하숙방 한 칸에서 친구의 면도칼을 가지고 와서 한밤중에 몰래 몇 번이나 가슴에 대어 본……. 그런 날이 2월에도 3월에도 이어졌다.

그러던 가운데 한때 벗어나 있던 무거운 책임이 싫든 좋든 다시 내 어깨에 얹혀 왔다.

여러 사건이 연이어 일어났다.

"드디어 밑바닥에 떨어졌다." 그런 말을 마음속으로 할 수밖에 없게 되었다.

그와 동시에 문득 지금까지 비웃었던 일이 모두 급히 비웃을 수만은 없게 된 기분이 들었다.

*

그래서 현재의 마음가짐은 새로운 시의 참된 정신을 처음으로 내게 맛보게 했다.

*

'먹어야 할 시'란 전차 안의 광고문에서 자주 본 '마셔야 할 맥주'라는 문구에 착안해서 임시로 이름을 붙인 것이다.

그것은 두 발을 지면에 붙이고서 노래하는 시라는 뜻이다. 실제 인생과 아무런 간격이 없는 마음가짐으로 노래하는 시라는 뜻이다. 산해진미나 진수성찬이 아니라 우리가 평소 식사하는 향의 음식처럼 그렇게 우리에게 '필요'한 시라는 뜻이다. — 그런 시는 시를 이미 정해진 어떤 지위에서 끌어내린 것일지도 모르겠다. 하지만 나로서는 우리 생활에 없어도 아무런 득도 실도 없었던 시를 필요한 것 중 하나로 만들 수 있기 때문이다. 시의 존재 이유를 긍정하는 유일한 길이다.

지금까지 말한 방식이 너무도 난삽하지만 이삼 년 이래 시단의 새로운 운동의 정신은 반드시 여기에 있었다고 생각한다. 아니, 있어야 한다고 본다. 이렇게 말하는 이유는 새로운 운동에 관여하는 사람들이 이삼 년 전에 느낀 바를 나는 지금 비로소 절실하게 느끼고 있음을 인정하기 때문이다.

『전집4－유미쵸에서弓町より』에서

단카[短歌]는 나의 슬픈 장난감

책상 위에 한쪽 팔꿈치를 괴고 담배를 피우면서 나는 글쓰기에 지친 눈으로 탁상시계 바늘을 바라보았다. 그리고 이런 생각을 해 보았다. 무릇 세상 어떤 일이라도 우리를 불편하게 한다면 우리는 그런 불편한 점을 주저 없이 개조하려고 해야 한다. 또 그렇게 하는 것이 옳다. 우리는 남을 위해 살지 않고, 우리 자신을 위해 살아간다.

이를테면 단카[短歌]도 마찬가지이다. 우리는 이미 단카 한 수를 한 줄로 써내려가는 데에 어떤 불편, 어떤 부자연스러움을 느껴왔다. 그러면 단카 작품 각각의 리듬에 따라 어떤 것은 두 줄로, 또 어떤 것은 세 줄로 쓰면 된다.

만약 그렇게 쓰면 단카의 리듬 자체가 깨진다고 하더라도 재래의 리듬이 우리의 감정에 잘 맞지 않게 되었다면, 어떤 주저도 할 필요가 없는 것이다. 서른 한 글자라는 제한이 불편한 경우라면 거리낌없이 글자를 더 써야 한다. 또 표현할 내용도 단카에 어울리지 않다든가, 단카로 표현할 수 없는 것이라는 시답잖은 속박을 깨뜨려버리고 아무 구애도 받지 않고 표현하고 싶은 것을 자유롭게 표현하면 된다.

그렇게 바쁜 생활 속에서 마음에 떠올랐다 사라져 가는 찰나찰나의 감각을 아까워할 마음이 인간에게 있는 한 단카는 사라지지 않을 것이다. 설령 오늘날 서른한 글자가 마흔한 글자가 되고, 쉰한 글자가 되더라도 어쨌든 단카는 사라지지 않을 터이다.

이런 생각을 하면서 초침이 꼭 한 바퀴를 도는 사이 나는 꼼짝하지 않고 있었다. 그리고 내 마음이 점점 어두워져 가는 것을 느꼈다. 내가 불편해하는 것은 단카를 한 줄로 써 내려가는 일만이 아니다. 또 나 스스로 바로 지금 당장 마음대로 바꿀 수 있는 것, 바꾸어야만 하는 것이란, 기껏해야 탁상시계와 벼루 상자와 잉크병의 위치, 그리고 단카 정도이다. 바꾸어 말하면 아무래도 상관없는 것들뿐이다.

그 밖에 정말로 내게 불편을 끼치고 고통을 주는 여러 가지 일에 대해서는 손끝 하나 댈 수 없지 않은가? 아니, 그런 고통과 불편을 참고 따르며, 굴복하며, 참담한 이중생활을 이어가는 방법밖에 없지 않은가? 나 스스로에게 여러 가지로 변명을 해 본들 내 생활 역시 오늘날의 가족제도, 계급제도, 자본제도, 지식 매판제도의 희생이다.

고개를 돌려 죽은 이처럼 방바닥 위에 내던져진 인형을 보았다. 단카는 나의 슬픈 장난감이다.

『슬픈 장난감悲しき玩具 — 단카에 대한 단상歌のいろいろ』에서

아름다움을 찾으려고 애쓰는 마음

*

젊은 여행자여, 어째서 고개를 떨구고 길을 더듬어 가는가? 눈을 들고 항상 높은 곳을 보라. 저 창공에 거대한 것이 어딘가에 있을 터이다. 아무리 깊은 연못이라도 저 빛의 바다보다 깊지 않고, 아무리 높은 궁륭이라도 저 천당의 높이에 미치지 못한다. 해는 언제나 저곳에 있다. 설령 무언가를 잃었다고 해도 우리 머리 위의 한없이 드높은 것을 잊지 말아라. 항상 눈을 들어라. 그래, 그러다가 발이 길 위의 돌부리에 걸려 넘어지더라도 그 상처 때문에 너의 생명이 위험하게 되지는 않는다. 또 뱀이 너의 다리를 물더라도 그 독이 영혼의 꽃까지 마르게 하지 않는다.

사라 티즈데일Sara Teasdale, 1884~1933은 청년으로서 위를 쳐다보지 않고 아래를 보고, 그 정신을 펴 드날리지 않는 이는 땅 위를 기어 다녀야 한다고 했다.

고상한 백합꽃은 아래를 보고 꽃을 피운다. 그래도 사람들아, 이렇게 생각하자. 사람 눈에 띄지 않는 거친 들의 백합까지도 자라나는 과정이나 줄기는 모두 하늘을 가리킨다는 것을.

*

손에 괭이를 들고 들에 선 이여, 너는 어디를 갈고자 하는가? 어째서 일찌감치 괭이를 내려놓지 않는가? 들이 너무 넓어서 마음이 산란한가? 아니면 땅이 너무나 척박해서 어쩔 줄 모르겠는가?

네가 선 곳을 깊게 파 보아라. 그러면 맑은 샘이 솟아나리라. 너의 견딜 수 없는 마음의 갈증을 달래줄 바로 그 샘이다.

또 아무리 넓은 들이라도 적셔주고 남을 것이다. 아무리 척박한 땅이라도 다함 없는 샘물을 부으면 반드시 비옥한 땅이 되리라.

*

진리보다도 오히려 진리를 찾으려고 애쓰는 마음을 귀하게 여긴다고 한 것은 철학자 스피노자가 한 말이다. 갈릴레오가 지동설을 주장하고 교회법을 위반했다고 잡혀서 감옥에 갇히자 지푸라기 한 가닥을 보고 속이 텅 빈 철봉이 입체의 철봉보다도 견고하다는 것을 깨달았다. 그가 깨달은 것은 의심할 바 없이 진리이다. 그러나 누가 갈릴레오를 두고 감옥에서 진리를 찾는 마음보다도 오히려 진리를 귀하게 여긴 이라고 하겠나? 찾아라. 그러면 얻을 것이다. 어떤 것이든 찾아내려는 마음이 있어야 비로소 모든 것이 주어지는 법이다. 세상에는 좀처럼 얻는 것이 없는 사람이 있는가 하면, 조금이라도 얻는 사람이 있고, 많이 얻는 사람은 매우 적다. 찾으려고 애쓰는 마음이 적은 이유는 이것뿐이다.

우리도 역시 아름다움 그 자체보다도 오히려 아름다움을 찾으려고 애쓰는 마음을 귀하게 여겨야 한다. A thing of beauty is a joy of forever아름다운 것은 영원한 즐거움이다. 언젠가는 아름다움이 부족해질까 걱정한다. 그러나 그저 걱정해야 할 것은 아름다움을 찾으려고 애쓰는 맑고 깨끗한 용기가 과연 우리의 마음에 가득한가 아닌가이다. 다이아몬드와 유리 조각을 어린아이 앞에 두면 무엇이든 선택하기나 하겠나? 아름다움이란 어디에나 있지만 애써 찾지 않는 이에게는 그저 어지럽게 뒤섞인 흙더미일 뿐, 돌과 자갈일 뿐이다. 아름다움의 신은 질투의 신이라고 한 미켈란젤로의 마음이야말로 짐작하고도 남겠다.

너무나 가난한 한 미술가가 있었다. 언제나 헛간 이층에 살면서, 부지런히도 자기의 업에 힘썼다. 벽을 부수고 기둥을 뒤틀고 등 하나 밝혀두어 그림자 옅은 곳, 머리는 흐트러져 쑥과 같고, 얼굴은 여위고 파리하게 그저 뼈만 솟았고, 눈만 불같이 불타올랐다. 그는 이렇게 잠자는 것도 먹는 것도 잊어버리고 밤낮으로 흙손만 움직였다. 이윽고 밤이 깊어서 사방이 고요해졌을 때, 그는 조용히 흙손을 내려놓고 섰다. 그의 눈은 비할 데 없는 기쁨으로 빛나고 그의 볼은 희미하게 붉게 물들어, 형언하기 어려운 만족의 미소를 띠었다.

보라. 그의 앞에 선 신공神工이 살아있는 듯한 초상肖像을. 신이 아니고서야 실로 이토록 사실에 가까운 모습을 만들 수 있다고 생각할 수 없을 정도이다. 그는 이제 막 초상을 완성했다. 그의 마음속의 기쁨이란 무엇에 비길까? 희미한 등불 그림자조차 이

때만은 빛나는 듯했다. 더구나 이 초상은 그저 한 개의 토우土偶일 뿐이다. 가난한 그로서는 대리석 한 덩이조차 살 수 없었다.

이윽고 그는 걸음을 옮겨서 깨진 창을 열었다. 때는 마침 가을. 만 개의 별들이 찬란하게 길고 깊은 늪에 꽃잎을 뿌리고, 쓸쓸한 구릿빛 밤하늘은 장엄하게 대지를 눌러서, 무언가 알 수 없는 거대한 비밀 앞에 말할 수 없는 마음의 약동도 고상하다. 대기는 매우 차갑게 창으로 흘러 들어와 꺼질 듯 말 듯한 등불은 위태롭게 꺼지려 한다. 매서운 서리가 내리려 한다고 속삭이며 그는 창문을 닫고 다시 토우 앞으로 다가온다. 이제 다 만들었을 뿐이므로 매서운 서리와 밤의 한기는 어쩌면 토우를 망가뜨릴 것이다. 그렇지만 가난한 그는 이 실내를 데울 장작개비 하나도 없다. 그래서 그는 자기가 입고 있던 남루한 옷을 벗어 초상을 덮어주었다. 그리하여 겨우 초상을 지킬 수 있었지만 동이 튼 다음 사람들이 그의 헛간에 들어가자 그는 마치 충실한 노예인 양 그가 만든 초상 아래 누워서 감은 눈은 다시 뜨지 못한 채 그윽한 미소를 남기고 얼어 죽어 있었다.

아, 벗이여, 아름다움을 애써 찾는 맑고 깨끗한 용기는 늘 이와 같다. 이 어찌 이 세상에서 가장 귀한 것이 아니겠나? 그는 죽었다. 그러나 그것은 도리어 영원히 사는 길이었다. 아름다움은 영원한 기쁨과 즐거움이다. 아름다움을 애써 찾는 마음을 지닌 이는 곧 그 생명을 영원함과 함께 하는 이여야 한다. 그는 얼어 죽었다. 그러나 그 초상은 아름다운 대리석으로 본떠져서 지금도 파리의 미술관에 있다고 한다.

*

지식이 지나치게 중시된 것은 이미 오래되었다.

지식 그 자체는 아무런 가치가 없다. 다만 인간이 찾아 모아서 어떤 자료로 삼을 때에는 그만한 가치가 생겨난다.

세상 모든 일을 다 알아도 한 가지를 행하지 않는 사람은 아무것도 모르고, 또 행하지 않는 사람과 더불어 인생에서 쓸데없는 이일 뿐이다. 알고 모르고 상관없이 스스로 행하는 바가 있는 이는 이미 삶의 보람이 있는 사람이다. 그러므로 세상에서 박사라고 불리는 이이면서 농부만도 못한 사람도 많다.

공화정치의 정의를 모르고서 세계를 다스리는 이이다. 지구가 원형인 줄 모르고서 지구의 대부분을 지배하는 이이다. 이것은 토머스 브라운Thomas Browne, 1605~1682이 한 말인데 우리가 좌우명으로 삼기에 넉넉하다.

*

티끌조차 없이 깨끗한 처음부터 이 세상에 있었던 것은 무엇일까?

답해 보자면 참됨眞, 아름다움美, 생명이라고 하겠다.

그렇다면 선함善은 어떨까?

답해 보자면 선함과 악함惡이 태초부터 있었을 리 없다. 무언가 이루어졌을 때 사람은 비로소 그것이 선하다든가 또는 악하다든가 말한다. 그래서 도덕은 인간이 만들어 낸 것, 그래서 인간에 의해 파괴되는 것이다. 참된 사람은 도덕이라는 방부제가 필요 없다. 참으로 아름다운 이는 영원히 참으로 아름답다. 그것은 선하지도 않고 악하지도 않다.

*

모든 것을 의심해도 끝내 의심할 수 없는 한 가지가 있다. 바로 자기의 존재이다.

이미 나의 존재를 부정할 수 없으니 그 존재를 긍정할 수밖에 없다. 그런 이치로 세계가 개조되면 모두 긍정의 영역에 들어간다. 이 새로운 세계에서는 전에는 무의미했던 것, 생명을 얻지 못했던 것, 뒤죽박죽이어서 서로 관계없던 것, 모두 새로운 의미, 새로운 생명, 새로운 관계를 지니게 된다. 수많은 시련들을 감싸 안은 큰 평화가 있고 한없는 모순을 받아들여도 깨지지 않을 큰 조화가 있으며 슬픔 속에 기쁨이 있다. 희망은 늘 미간에서 빛나고 용기는 늘 온몸에서 흘러넘친다. 잠은 산과 같고 외침은 사자와 같고, 행동은 폭풍 같고, 명상은 숲과 같다. 그리고 그 인자로움은 비둘기 같고 전투는 큰 바다와 같다.

이런 사람은 항상 유일한 표준을 지니고 있는데 그것은 곧 나이다. 나 자신을 모든 표준으로 삼을 수 있는 사람은 행복하다. 왜냐하면 그는 가장 먼저 나 자신의 존재를 인정한 후 세계의 모든 존재를 인정하거나, 그에게 세계란 곧 자기 한 사람의 세계이기 때문이다. 곧 그는 세계의 제왕이 되는 것이다. 나 자신을 모든 표준으로 삼을 수 있는 사람은 행복하다.

『전집4－한 줌의 모래一握の砂』에서

전원田園을 사모思慕함

독일의 어느 소설가가 자신의 소설에서 전원을 버리고 매연과 먼지가 뒤섞여 탁한 도회의 공기 속에 섞여 들어가는 사람들의 운명을 비판하고 있는 듯하다. 그런 슬픈 이주자는 작심하고 고향과의 인연을 잘도 끊고 왔으나, 한 걸음 도회의 땅을 밟으면 이내 오래되고도 안락한 부모로부터 물려받은 집을 떠올리게 될 것이다. 아무리 신경이 둔한 시골 사람이라도 다량의 함유물이 섞인 도회의 공기를 호흡하기에는 자신의 폐 조직이 너무도 단순하게 이루어졌다는 것만은 깨닫게 될 것이다. 이렇게 그들이 전원을 사모하는 마음은 새로운 생활 첫날에 시작해서 평생 길고도 격한 노고와 더불어 점점 깊어져 간다. 그들은 도회의 어디 한 구석에서도 그들의 뜻에 맞는 장소를 찾아낼 수는 없다. 그러나 일단 발을 들인 이상 두 번 다시 벗어날 수 없는 것이 도회라는 문명의 늪이 지닌 한 가지 불가사의함이다. 그들은 모두 한 모양으로 따스한 전원을 사모하는 마음을 품고 차가운 도회의 인정 속에서 죽는다. 그렇다면 그들의 자녀들이라면 몸소 본 적도 없어도 잠들기 전 옛날이야기로나마 들은 고향의 모습 — 산, 강, 드높은 하늘, 드넓은 들, 맑은 공기, 신선한 채소, 곡물의 꽃과 그곳에서 살고 있는 소박한 사람들의 어울림 — 그들의 모든 명랑한 이미지는 꼭 옛날이야기처럼 과격한 생활에 지친 그들의 마음을 끌기에 충분하다. 그들도 역시 그 부모가 죽듯이 죽는다. 그렇게 다시 그 자녀, 즉 슬픈 이주자의 삼세대가 되면 상태는 사뭇 달라지게 된다. 그들과 그들 조상의 고향과의 거리는 그저 공간만이 아니라 시간으로도 이미 멀리 떨어져 있다. 뿐만 아니라 앞선 이 세대에게 작용했던 진화의 법칙과 그들이 태어난 이래 끊임없이 받은 교육은 점점 그들의 폐의 조직을 복잡하게 하고, 그들의 감각을 예민하게 한다. 감각의 예민함과 덕성의 마비는 도회 생활의 두 가지 큰 요소이다. 실로 그들은 애틋해하고 그리워할 전원을 잃어버린 동시에 그 아름다운 양심도 잃어버렸다. 사모할 전원만이 아니라 사모할 모든 것을 잃어버렸다. 그렇게 그런 그들 생활의 비참함이 그 부모의 비참함보다도 그 조상의 비참함보다도 더욱 비참한 것은 두말할 나위도 없다. —

이 이야기를 나는 언제 어디에서 누구에게 들었는지 까맣게 잊고 말았다. 아니면 남한테 들은 것이 아니라 어딘가에서 읽은 것인지도 모르겠다. 작가의 이름도 소설의 제목도 모르는, 아는 것이라고는 그저 이런 이야기뿐이다. 언젠가 독일의 새로운 소설을 잘 아는 친구에게 물어봤지만, 역시 알지 못했다. 참으로 분명하지 않은 일인데, 그럼에도 불구하고 나는 이상하게도 이 이야기를 오랫동안 잊지 않고 있다. 그래서 이따금 생각하고는 말로 표현하기 어려운 슬픔으로 나의 현재와 과거 사이에서 마음의 갈피를 잡지 못하곤 한다. — 나도 역시 '슬픈 이주자' 중 한 사람이다.

지방에 가면 어떤 시내에나 어떤 마을에나 도회의 생활을 동경한 나머지 일에 마음을 쏟지 못하는 젊은이들이 있다. 나는 그런 이들의 마음을 잘 알고 있다. 그래서 그들이 가엾다. 그런 이들도 마치 도회에서 전원을 사모하는 이들과 마찬가지로 열에 아홉은 평생 그 애틋하고 그리워하는 마음을 충족하지 못한 채 죽는다. 그러나 거기에는 양자 간에 구별되고 구별되지 않고 할 것도 없다. 전원에서 도회를 사모하는 사람의 사모란 보다 나은 생활이 있음을 믿고 그것에 이르고자 하는 사모이다. 낙천적이고 적극적이다. 도회에서 전원을 사모하는 이의 경우는 그렇지 않다. 그들도 일찍이 도회를 사모하는 이였다. 그래서 지금 그들의 사모란 보다 나쁜 생활에 떨어진 이가 이전의 상태로 되돌아가려는 사모이다. 설령 그 사모가 이루어진들 그것이 반드시 진정한 행복은 아님을 알고 있는 사모이다. 그것밖에는 의지할 것 없는 사모이다. 절망적이고 소극적이다. 또 그런 만큼 슬픔이 깊다.

산업 시대라고 일컫는 근대 문명은 하루가 다르게 도회와 전원 사이의 골을 깊게 해 왔다. 지금도 깊어지고 있다. 틀림없이 앞으로도 점점 깊어질 것이다. 그리하여 전원에 있는 사람의 도회를 사모하는 마음도 나날이 깊어질 것이다. 그런 모순은 원래 어디에 뿌리를 내린 것일까? 그런 모순은 드디어 모든 인간으로 하여금 사모해야 할 무언가를 가지지 못한 상태로 걸어 들어가게 하지 않을까?

폐의 조직이 복잡하게 된 사람들, 감각만 예민하게 된 사람들은 내가 소년 같은 마음으로 전원을 사모하는 것을 보고 "이것 봐, 저기에 저런 불쌍한 이상가가 있네" 하고 비웃을지도 모르겠다. 비웃음을 사도 상관없다. 나는 나의 사모를 버리고 싶지 않고, 점점 더 깊게 하고 싶다. 그렇게 그것은 오늘에 이르러서는 그저 나의 감정만이 아니라 권리이기도 하다. 나는 현대문명의 모든 국면에 나타나는 모순이 언젠가는 우리들 손에 의해 모두 소멸할 시대가 올 것이라는 신념을 잃고 싶지 않다. 안락wellbeing을 요구하는 것은 사람의 권리이다.

『전집4 – 전원을 사모함田園の思慕』에서

무엇을 위해 사는가

어느 날 저녁 해가 질 무렵 서쪽 하늘의 빛이 흔들리는 데에 마음이 이끌리고 들떠서 나는 어느 마을 개천의 다리 위에 서 있었다. 가까운 마을에는 집들의 처마마다 밥 짓는 연기가 기다랗게 퍼져갔다. 저녁 한때의 온갖 분주함은 잠시 가라앉고, 내 마음도 엄숙한 전원의 맑은 기운에 섞여 가라앉아 간다. 무언가 맑은 자연의 리듬이 심금에 더해지는 것도 느끼는 때였다.

그때 군색한 모습을 한 남자 하나가 내 곁에 섰다. 걸인이었다. 나이는 서른대여섯은 넘겼겠다. 인생의 공포와 치욕과 비참함을 드러낸 괴이한 눈빛을 내게 기울이며, 몇 번이나 머리를 굽신거리고는 내게 구걸을 했다. 그는 북쪽 바닷가를 떠돌아다닌 지 어언 십 년째라고 했다. 옛날에는 아내도 아이도 있었다고도 했다. 그네들은 죽고 지금 자기만 병들었다고도 했다…….

아, 그에게도 아내가 있었고, 아이가 있었고, 평화가 있었고, 사랑이 있었고, 희망이 있었고, 힘이 있었다. 그러나 지금은 어떤가? 해 질 녘 옅은 빛 속에서 병들고 쇠약한 몸을 이끌고서, 인생의 통절한 운명의 그늘을 걸음과 함께 차가운 땅에 남기고 가지 않는가? 나는 가지고 있던 것을 몽땅 털어 주었다. 그는 거짓 없는 고마움과 눈물을 보이며 내 곁을 떠났다.

이 밤 그 운명의 잔해, 쇠잔한 찬 몸의 서글픔도 저녁 어둠 속으로 사라져간 모습을 떠올려 보았다. 그리고 예나 지금이나 똑같을 밤바람, 달빛과 함께 사람들이 잠을 청할 때까지, 나는 그저 혼자 다리 위에서 서 있었다. 그는 무엇을 위해 사는 것일까? 마음속 깊이 생각했다. 일찍이 젊은 시절에도 살았듯이 지금도 여전히 살고 있는 것은 희망 때문일까, 사랑 때문일까? 만약 사람으로서 무언가 바라는 것 없이 살기보다는 오히려 저 죽음의 궁궐 속에서 영원한 안식을 얻는 것이 낫다. 그가 아직도 살아 있는 것을 보면 아마도 그는 틀림없이 현세의 재앙과 복 이외 무언가를 바라고 있고, 그것을 생명의 동기로 삼고 있지 않을까? 그런 것이 있어서 어떤 운명도 이길 수 없고, 어떤 행복과 영화도 생명을 움직일 수 없는 것은 아닐까?

아, 그런 것이란 대체 무엇일까? 그 알기 어려운 무언가야말로 그를 살게 하고, 나를 살게 하고, 또 모든 세상 사람을 살게 하는 것은 아닐까?

우리가 거리를 떠도는 그들 패잔한 사람들에게서 얻는 교훈은 매우 크다. 또 그 깊은 교훈으로 자칫 마음 약한 우리를 유혹하려는 현세의 영화에 비길 때, 가을의 맑은 물 한 줄기가 비스듬히 거친 초원 위를 흘러가듯이, 적나라한 인생의 희망과 광명과 용기가 우리를 혼탁한 생활로부터 모든 것이 뒤섞인 큰 바다로 이끌고 있음을 느낀다. 내게 든 한 가지 생각이란 대개 이런 것이다. 나는 저 걸인 한 사람의 교훈에서 얻은 바가 매우 많다.

『전집4－가을 풀 한 다발秋草一束』에서

무한한 권위

신앙은 무한한 권위이다. 우주 가운데 자아가 두루 가득 차오름을 보고, 혹은 자아 가운데에서 우주의 호흡을 듣고서, 사람이 우주와 융합하는 경지를 신앙이라고 한다.

한 가지 생각으로 뜻을 일으키는 것은 하늘의 문이다. 앉아서 구름 위를 걷고 눈을 감고 땅속의 굴을 들여다본다. 어떤 사다리도 없다. 어떤 잣대도 없다. 헛된 것空을 자세하게 꿰뚫어 보고 감각적인 것色을 분명하게 알아보아, 곧 큰 지혜와 하나가 되므로 신앙인의 일거수 일투족이야말로 신의 사랑이고, 신의 뜻과 힘이다. 무한한 권위이다.

지상의 모든 권력은 신앙 앞에서 아무것도 아니다. 또 그 반대말인 사람의 지혜도 그 발달이 더없는 원만함에 이르지 않는 한 그저 소인배의 위대함에 대한 공포를 말할 뿐, 소라껍데기 속의 죽은 말일 뿐이다.

『전집4-가을 풀 한 다발秋草一束』에서

영靈이 있는 이는 영에 감응한다

“이상한 일이 다 있네요. 제가 형의 꿈에 나타나기 전, 하루는 각혈을 했는데 오늘 드디어 이 편지를 쓸 정도가 되었습니다. 어떤 영적 감응처럼 여겨집니다. 푸른 잎 가운데 묻힌 형의 신세를 생각하니 저도 뭐랄까 푸른 폭풍우에 나부끼는 마음이 들었습니다…….”

내가 이와테岩手현 도료杜陵에 들어가서 얼마 되지 않았을 무렵 어느 날 밤 새벽 가까이 꿈에서 도쿄東京에서 병을 앓던 존경스러운 친구이자 평론가인 쓰나시마 료센綱島梁川, 1873~1907 군과 이야기를 나누었다. 그러다가 잠에서 깬 후 마음이 영 가라앉지 않아서 부랴부랴 병세를 묻는 편지 한 장을 보냈다. 이것은 그 편지에 답한 쓰나시마 군의 아름다운 먹빛의 편지 중 앞부분이다.

아, 어떤 영적 감응이라니. 독자여, 독자는 어떤 심정으로 이 낱말을 읽었는가? 세계를 통틀어 생명 없는 물질의 집단인 오늘날 사람은 모두 이 낱말을 무의미한 망상이나 환시幻視 따위라고 여긴다. 그래도 독자여, 나는 이 한 낱말을 읽고는 뭔가 번뜩이는 얼음 한 덩이 같은 날카로운 도끼로 가슴을 맞은 듯했다. 섬뜩해서 옷매무새를 바로 하고 잠시 뜨거운 묵도에 빠져들지 않을 수 없었다. 아, 세상에는 이상한 일도 다 있구나, 더구나 이 이상함이란 가만히 생각해 보면 이상하지도 않고, 괴이하지도 않고, 하물며 무의미한 망상이나 환시도 아니다. 우리는 이 이상함을 이상하다고 하는 세상 사람들의 마음을 도리어 이상하다고 본다. 독자여, 이야말로 우리의 생활에서 가장 의의 있는 현시, 이 세상에 감춰진 근원의 샘에서 솟아난 그윽한 비밀의 소리이다.

영이 있는 이는 영에 감응한다. 나는 일찍이 인생에서 첫 번째 나물질적인 나, 육체적인 나와 두 번째 나신적인 나, 영적인 나, 본래 나라는 논리를 세우고서는 영육의 포합抱合 또는 분리, 쟁투에서 오는 인생의 모든 기적을 해석하여, 어느 날 종교학자 아네사키 마사하루姉崎正治, 1873~1949 박사를 만났을 때 그것을 물어보았다. 아네사키 박사는 첫 번째, 두 번째라는 등급의 차이를 나누기보다는 오히려 어쩌면 의식 이하의 나, 의식 이상의 나라는 용어가 타당할 것이라고 했다. 과연 첫 번째, 두 번째라는 구별이란 그저 나의 변설辯說상 번거로운 명칭일 뿐이다. 사람은 이를테면 수목과 같아서 그 줄기와 가지처럼 보면 곧장 의식할 수 있는 것은 의식 이하의 나이고 첫 번째의 나이고 육체적인 나이고 물질적인 나이고 차별적인 나이다. 우리의 영성은 회오리바람처럼 잡기 어렵고 아득하여 눈으로 보기 어렵기가 마치 수목의 뿌리 같다. 뿌리는 숨어 있어서 보이지 않지만 보이지 않아도 존재하니, 어디에 있는가 하면 바로 땅속에 있다. 지구는 하나이지 둘이 아니다. 곧 유일한 땅의 중심은 모든 나무의 생명이 뿌리내리는 곳으로서, 세상 천만 가지 모습의 수목은 그 모습도 저마다 다르지만, 모두 같은 생명을 영위하고 있다. 인간도 실은 그러하다. 의식 이상의 나는 깊이 우주의 중심에 뿌리내리고 있다. 신이든 부처이든, 근본 의지라고 하는 것이든 모두가 그러하다. 인간은 얼굴이든 사상이든 성격이든 저마다 다르지만 한번 그 영성의 천지에 들면 갑자기 무아의 경지에 이른다. 무아란 분명히 초월이고, 해탈이다. 작은 나, 즉 물질적인 나를 없애고 큰 나 곧 신적인 나와 합일하는 것이다. 드디어 자기가 죽어 사라지지 않고 온갖 차별, 시간, 공간에서 떨어져 나와 영원하고 무궁한 대우주로 발전하는 것이다.

『벽암록碧巖錄』에 진흙 소가 바다에 들어가 소식 없다고 한 것은 곧 이 경지의 오묘한 진리를 유감없이 가르친다. 아, 진흙 소가 바다에 들어가 소식 없다, 더구나 그 소식이란 우주에 두루 가득하다. 이미 우주에 두루 가득하다. 모든 이가 영적인 나, 신명의 품에 들어가 어떤 차별도 없고 거리도 없고 완전히 한없고 끝없는 사겁四劫에 걸친 천수天壽를 호흡하고 합일한다. 따라서 생명은 공통된다. 따라서 서로 통하고 마음으로 깊이 느끼고 서로 되돌려준다. 이에 이르러 인생의 큰 음악은 최고조에 이르고, 생각하고 따져야 할 신비는 밝고 밝은 한낮의 기적으로 나타난다. 궁리의 날카로운 검도 날이 무뎌져 땅에 흐르고, 과학의 도끼도 날이 빛날 까닭이 없어진다. 그저 시와 신앙만이 가장 큰 권위로 하늘의 계시처럼 세계를 지배한다.

아, 영이 있는 이는 영에 감응한다. 나는 이 한 마디로 피를 토하는 뜨거운 생각을 독자에게 요구할 권위가 있다. 독자들은 이 뜨거운 생각으로 어떻게 하겠는가?

『전집4－한천지閑天地』에서

문득문득 마음에 떠오르는 느낌과 회상

*

스키야바시數寄屋橋 역에서 전차를 내리면 출근 시간까지는 아직 반 시간 정도 여유가 있었다. 문득 그 조용한 긴자銀座의 뒷길을 걸어보고 싶은 마음이 들었다.

쳐다보면 하늘은 맑게 개어서 미세한 구석구석까지 물든 양가을의 따스함에 이마가 넓어지는 듯한 기분이 드는 날이었다. 바람도 없었다. 그렇게 거리 양쪽의 가로수들은 마른 아카시아랑 버드나무 잎이 마음 놓고 죽은 듯이 여기저기에 흩어져 있었다.

가로수! 나는 가로수가 좋다.

그런 가로수 아래를 값비싼 밤색 외투를 입은 노신사 한 사람이 굵은 서양 단장短杖으로 포석鋪石을 울리면서 조용히 왔다 갔다 하고 있었다. 그 모습은 누군가를 기다리는 듯이, 아니면 볼일이 없는 듯이 보였다. 키는 크고 훤칠한 우리 시대 일본의 부유한 노인의 모습이었다. 좀스럽고 또는 야무지지 못한, 또는 겨우 살아가는 듯한, 또는 남을 깔보는 듯한 불쾌한 몸가짐은 없었다. 완만하게 신겨 가는 붉은 가죽 구두가 가벼워 보였다.

그가 지나갈 때 비싼 잎담배 향이 내 얼굴을 덮었다.

미소가 저절로 내 입가에 떠 올랐다. '행복!'이라고 내 마음속에서 말했다. 노신사의 얼굴에는 적당히 일해 온 사람의 온화한 만족의 표정이 있었다. 잎담배를 문 입을 덮은 수염은 반 이상 하얬다.

'장래의 일본'을 암시하는 듯한 사건, 아니면 사물을 지금까지도 우리는 매일 같이 만나고 있다. 그러나 그것은 많은 경우 젊은이들 — 그렇지 않으면 날마다 새롭게 변해가는 시대의 흐름에 부침하며 자신의 몸이 늙었음을 잊어버린 사람들에 의해 이루어진, 아니면 이루어지고 있는 그곳에서는 희망과 더불어 고통과 불안도 있다. 생활의 수고로움과 괴로움을 아는 내게는 그런 것들에 대해 겨울의 끝에서 봄을 기다리는 마음을 가질 수 없게 되었다. 일본이 현재의 부유함 — 물질로도 이상으로도 — 을 얻기 위해서는 지금까지도 제법 과도한 노력을 해야 했다. 이보다 더 언제까지 이런 험한 싸움을 해야 하는가 하고 생각해 보면, 마치 여름이 시작될 무렵 부쩍 더위를 느끼는 날에 지저분한 실내에서 한여름의 혹독한 더위를 생각나게 하는 마음이 든다.

또 나는 지금까지 많은 노인을 보았다. 그러나 그 노인들은 대체로 지나치게 노력해서 '재래의 일본'을 위해 나이를 먹은 것 같은 이들이었다. 오늘날의 일본의 노인에게 서양 옷을 입힌다면 아마 열에 아홉까지는 만화의 소재가 되고 말 것이다.

"나는 장래에 만족한다!"라고 생각했다.

그리고 몇 번이나 돌아서서 그 노신사를 보았다.

혹시 세워둔 마차라도 있는가 둘러보았지만 그런 것은 보이지 않았다. 만약 그때 생생한 눈을 지닌 젊은 여인이 어디에선가 나와서 그 신사와 손을 잡고 가로수 아래를 걸어간다면 나는 또 얼마나 기뻐할지 모르겠다.

*

"우리 집은 처마가 낮아서 못 쓰겠어. 원래 처마 같은 건 없어도 좋으니까 부숴 버리자"라고 한 사람이 말했다. 그러자 "그래, 맞아. 우리 집에서는 처마 따위는 예전에 부숴버렸어. 지붕까지 거의 부쉈어. 참 밝고 좋아"라는 이가 두셋 나타났다.

그걸 듣고서 '아, 그렇구나' 하고 생각한 이들은 서둘러 저마다 집으로 돌아가서 이제까지는 처마 때문에 집안이 어두웠다고 생각하지 않았던 처마는 물론 거실의 지붕까지 서둘러 부수게 되었다. "좀 더 밝게, 좀 더 밝게"라면서 결국에는 문을 부수고, 벽을 부수고, 기둥을 잘라버렸다. 마치 경쟁이라도 하는 모습이었다. 그중에는 또 밤에 자기 불편하다고 문도 벽도 지붕도 낮에만 안 쓰도록 해 놓은 경우도 많았다.

이렇게 도의적 관념의 파산자가 여기에서도 저기에서도 나타났다. 처음부터 이 파산자는 때를 만났다는 얼굴로 큰 손을 휘두르며 활보하게 되었다.

바람이 분다. 비가 온다. 추운 겨울이 온다.

도덕 자체를 억지로 가두는 감옥이라고 생각한 것은 잘못이었다. 서로가 비를 막고 바람을 막고 추운 겨울을 막고 편안히 잠들 '집'이었다.

도덕은 이기적인 것이라고 사람들은 말한다. 그래도 상관없지 않은가?

우리는 새로운 '이기적인 집'을 지어야만 한다.

*

인간을 실제 이상으로 평가했던 일은 인간의 생활을 개선하는 데에 자극을 준다는 점에서는 공이 있었을지 몰라도 결국 과거의 인간이 안고 있던 잘못된 생각 중에서 가장 잘못된 것이었다.

인간을 실제 이상으로 평가하는 일은 인간이 특별히 잘난 존재라는 잘못된 생각을 깨뜨릴 자기 반성을 하게 한 효과는 있었을지 몰라도 결국 현대 인간이 안고 있는 온갖 잘못된 생각 중 가장 잘못된 것이다.

그 이유는 "인간도 다른 동물의 지배를 받는 것과 똑같은 법칙으로 지배받는 존재이다"라고 할 수 있기 때문이다.

그것뿐이라면 아무 문제도 없다. 하지만 "그러니까 인간의 모든 행위 중에서 다른 동물도 지닌 것의 범위 이외의 것은 모두 허위이다"라는 식으로 생각하는 것은 무시무시한 오류라고 하겠다.

『전집4－문득문득 마음에 떠오르는 느낌과 회상きれぎれに心に浮んだ感じと回想』에서

담배를 피우다가

*

세상에는 자기와 자기의 일을 어떤 고민이나 비교로 허비하지 않고, 특히 남이나 남의 일보다 존귀한 것으로 여기고, 누구에게도 침해를 허락하지 않는 사람이 있다. 예컨대 예술가와 예술가 지망생이 자기의 천분天分과 예술 자체에 특별한 권위가 있는 듯이 여기는 태도가 그렇다. 나는 그런 사람이 의외로 많이 존재하는 것을 동정심을 가지고 인정한다. 왜냐하면 그 사람들은 그런 공상을 힘차게 틀어쥐고 온갖 도리와 사실 앞에서 눈을 감고 지나가는 것 외에는 자기의 생활을 시인할 방도가 없는 이들이기 때문이다. 따라서 그런 사람들에게서 그들이 받드는 우상 — 가공의 신념을 빼앗는 일은 곧 그 사람들의 생명을 끊어버리는 일이다.

나는 그런 가련한 이들이 하는 말을 들을 때 우습기보다는 먼저 서글퍼진다. 마음을 비우고 생각해 보면 실제로 그것은 스러지는 목숨을 붙잡으려고 발버둥 치는 노인의 단말마보다도 슬픈 일이다. 왜냐하면 그런 사람들은 대체로 아직 젊은 사람들이기 때문이다.

그러나 그런 사람들은 결코 어떤 일에 대해서도 겸손하지 않다. 설령 모든 일에 대해 반항할 만큼의 기력까지는 없더라도 도리어 겸손이라는 것을 모른다. 겸손을 모를 뿐만 아니라 사실을 사실로써 받아들이는 것을 도리어 치욕으로 여기는 듯하다.

그런 자신감과 그런 프라이드!

세상에는 언제부터인지 모르겠지만 예술가의 자신감, 예술가의 프라이드를 너그럽게 보아주고, 묵인하며, 그런 생활의 잘못과 제멋대로인 언행을 추구하지 않는 분위기가 있다. 그런 사회 일반이 관용하고 묵인하는 예술가의 자신감과 프라이드가 만약 여기에서 말한 자신감과 프라이드라면, 나는 세상에 예술가만큼 불쌍한 이는 없다고 본다.

약자! 스스로 약자임을 받아들이기를 두려워하여 모든 사실과 도리를 거부하는 스스로 타락한 약자! 나는 바라건대 다시 그런 약자가 되고 싶지 않다.

*

'예술'이라는 우상의 숭배자여. 너의 미신을 깊게 하라. 생각하지 마라. 불평하지 마라. 만약 "너의 예술이란 도대체 무엇이냐?"라고 묻는 이가 있거든, "말해 준들 네가 알 리 없다". 그저 이렇게 답하고 떠나라.

그저, 그저, 너의 미신을 깊게 하라. 그렇지 않으면 네 앞에는 파산만 있을 뿐이다.

*

'안가安價: 헐값'라는 말이 유행하고 있다.

고백해야 할 성실한 반성 없이 한 고백은 안가의 고백이라고 부른다. 안가의 이상이란 말도 있다.

상징이란 것은 표현의 수단이다. 이미 수단인 까닭으로 먼저 상징해야 할 무언가가 있고 그런 후에 상징이라는 수단이 쓰여야 한다. 그리고 그 '무언가'가 반드시 그대로 언어로도 형태로도 드러날 수는 없다. 깊이 감춰진 곳의 의미(라면 너무나 극단적인 듯하지만, 우리는 어떤 의미를 느끼고 깨달을 때 이성으로 받아서 누리는 경우도 있으나 감정으로 받아들이는 경우도 많다)이어야 한다.

만약 상징이란 것이 그저 모습을 바꾸고 말을 바꿔 표현하는 것일 뿐이라면, 그것은 쓸모없는 수단이다. 언어의 유희이다.

또 만약 인생에 대해 아무런 성실한 반성을 하지 않는 이가 막연히 방탕한 공상으로 지어 올린 부자연스러운 작품을 두고 상징문학이라고 하는 경우가 있다면, 상징문학이라는 것은 팔 물건이 아닌 데 하는 간교한 장사꾼의 광고와 같은 것이다. 그런 행위에 대해 실제 사회에서는 제재가 있지만 문학에서는 없다. 머지않아 우리에게는 '안가의 상징'으로 견딜 수 없는 시대가 올 것이다.

『전집4 – 권련초卷煙草』에서

손을 보면서

사랑은 옛일. 새삼스럽게 꺼내어 말할 만한 일도 아니다. 그러면 예사롭지 않은 이 고뇌를 일단 어린 잎의 고민이라고 이름 붙여 보자. 찾아오겠다는 이도 사양하고 어제도 오늘도 자리에 누워 있다.

너무 고요해서 이제 하늘이 개었나 싶어서 고개를 들어 보면 개지는 않았고 초여름의 비는 더욱 조용히 내려붓는다. 조금 지나서 다시 고개를 들어 보니 비는 여전히 내리고, 아니, 마당에는 그저 가늘게 연기가 나는 듯도 하다. 힘줄 불거진 나의 손을 곰곰이 바라보다가 문득 떠오르는 일이 있다.

몇 해 전이다. 내가 고향의 학당에 다닐 무렵 목소리 굵고 눈이 큰 친구와 친하게 지냈는데, 그 친구는 말도 잘하고 웃기도 잘하고 울기도 잘했다. 그의 말솜씨는 물 흐르는 듯하지 못하고 모난 검은 돌이 산 위에서 굴러떨어지는 듯했다. 그는 손을 대지 않고도 불이 일어나는 소리를 냈다. 나에게 시를 가르쳐 주고 책 읽는 즐거움을 알려 주고, 또 밤새도록 이야기해도 다할 줄 모르는 청춘의 동경을 가르쳐 준 것도 바로 그였다. 감정이 격해질 때면 그는 울었고 나도 따라 울었다. 그가 눈썹을 치켜올릴 때는 내가 어깨를 으쓱할 때였다. 그는 나를 보고 아우라고 불렀다. 나는 형은 아니지만 좋은 벗이라고 여겼다.

"너는 머리를 안 감니?"

내가 이렇게 물은 적이 있었다. 벗은 "하하" 하고 소리 높이 웃었다. 그의 머리에는 언제나 비듬으로 하얬다. 또 그의 옷은 때에 절어 있고 바지는 찢어져 있었다.

그를 아는 이는 그 소년을 알았다. 나이는 그 무렵 열셋이 채 못 되었고 눈썹은 짧고 흰색이었으며 늘 건방진 미소가 얼굴에서 사라지지 않았다. 벗이 가는 곳이면 그 소년도 갔다. 머지않아 나도 그 소년과 아는 사이가 되었다. 또 얼마 지나지 않아서 그 소년의 누나와도 아는 사이가 되었다.

이름은 오엔お艶이다. 기쁘다고 할까, 두렵다고 할까, 현기증이라고 할까, 나는 알 수 없었다. 처음 보낸 편지의 답장을 그 사람에게서 받은 밤 나는 잠들 수 없었다. 가슴속에서는 폭풍우가 치고 파도가 소용돌이치는 듯하며, 입에서는 노래 제목 같이 그 사람의 이름만 흘러나왔다. 나는 놀랐다. 이를테면 눈먼 이가 먼 햇빛을 본 것만 같았다. 새로운 세계로 발걸음을 내딛은 것만 같았다. ―

누구라도 내 모습을 본 적 있다면 자세히 쓰기 어려울 것이다.

이튿날 나는 곧장 그 일을 벗에게 말했다. 벗도 놀랄 수밖에 없었다. 처음에는 그렇지 않아도 커다란 눈을 크게 뜨고서는 불 같은 내 얼굴을 쳐다보면서,

"그거 잘됐네……. 그 사람을 위해서라도."

이렇게 말하는 그의 목소리는 조금 떨렸다! 가련해라, 그 목소리는 지금도 사라지지 않고 우리 두 사람은 이미 천 리의 간격

을 둔 것처럼 되고 말았다. 찢어진 바지의 무릎을 꽉 쥔 그의 손, 희고 거칠고 컸다. 벗에게는 남다른 마음이 많았건만. —

친한 벗과 — 그렇다, 그토록 친한 벗과 헤어지는 것도 내게는 얼마나 슬펐는지 모른다. 눈썹이 짙은 소년은 날마다 나와 놀게 되었다. 그로부터 서너 번인가 함께 이야기를 나눈 후 벗의 모습은 학당에서 보이지 않았다. 그의 아버지가 돌아가셨다든가 하는 말을 들었다.

사랑은 젖과 같다. 젖을 빨 때는 그것보다 더 단 것은 없는 듯 여기지만, 해가 지나 자라서 여러 가지 음식을 입에 넣을 무렵이 되면 어쩐지 비린 듯한 기분이 든다. — 이렇게 말하는 것은 또 나와 내 마음에 변명하는 내 젊은 시절의 버릇일 것이다. — 그런데 그로부터 삼 년 정도 지난 후의 일이다. 머리카락을 자르려고 가위를 든 여인의 팔을 가로막으며 몹시도 난감했던 밤이었다.

그렇다고는 해도 연못가에서 몸을 던지지도 않고서 부모의 말대로 그 도시에서도 덕이 높은 이라고 일컫는 교사에게 시집가서, 아이 하나를 낳은 뒤, 폐병을 앓다가 세상을 덧없이 떠났다는 이야기를 전해 들었다. 언젠가 나의 큰어머니는 그녀가 못 잊었던 남자의 모습이 너무나도 나와 닮았다고 남몰래 말한 일이 있었는데, 그것은 놀랍게도 거짓말이었다.

작년 초가을 나는 가라후토樺太 : 사할린 여행을 마치고 돌아오며 아오모리青森에서 열차를 탔다. 아사무시淺虫를 지나고 노헤지野邊地를 지나도 더욱 마음 쓰이는 것은 누마사키沼崎인가 하는 작은 정거장을 이제 막 내가 탄 열차가 발차하려는 순간이다. 내가 탄 열차 창문 앞에 서서 지저분한 장갑을 끼고 왼손을 높이 들어 쾌활하게 호루라기를 불던 남자이다. 문득 그 옆모습을 본 순간 나는 얼마나 놀랐는지! 열차는 눈 깜짝할 사이 흔들리며 나아갔다.

그것은 바로 옛 벗이었다. 의심할 나위 없이 그였다. 나는 다음 역을 기다릴 것도 없이 열차 가운데를 가로질러 차장실의 그를 찾아갔다.

"잊어버린 거야, ○○ 군?"

"아, 너는 △△ 군!?"

이렇게 말하는 그의 눈에는 순간 아련한 빛이 번득하고 보이고는 이내 사라졌다. 두말할 나위도 없이 옛일을 떠올렸겠다. 그때 나는 내 옷이 그의 옷보다 고운 것에 부끄러운 마음이 들었다.

"우연한 해후邂逅네."

"정말."

"정말 우연한 해후네" 하고 나는 같은 말을 거듭했다. "헤어지고 몇 년 만이야……. 너도 조금 늙은 듯이 보이네."

"너는 언제나 젊어."

그때 나는 말할 수 없는 굴욕을 느꼈다. 그의 눈은 똑바로 나를 바라보고 있었다. 그 모습은 넓은 이 세상에서 아무런 거리낌도 없는 듯했다. 그의 뺨을 덮은 수염은 까맸다.

"어디에 살고 있어?" 조금 이따가 나는 다시 물었다.

"아오모리에."

"아오모리 어디?"

"하하" 하고 그는 소리 높이 웃었다. "물어서 뭘 하려고?"

"하긴 그렇네" 하고 나는 마음속으로 생각했다.

서먹한 만남이었다.

『다쿠보쿠 수필집啄木隨筆集』에서

파괴

어느 날 아침 반쯤 눈을 뜬 채 꾸벅꾸벅 졸고 있는데 갑자기 무시무시한 소리가 들렸다. 나는 눈을 번쩍 떴다.

그 순간 나는 내 마음에도 몸에도 남김없이 어떤 힘이 차오름을 느꼈다. 그것은 이제 오랜 병으로 지친 나머지 일어나 문을 여는 것조차도 귀찮은 나에게는 정말 오랫동안 잊고 있던 느낌이었다. 그래서 적어도 그 순간 나는 환자가 아니었다. 눈앞에서 어떤 엄청난 일이 일어나도 건강했던 때와 같은 기민함과 용기로 그런 일에 대처할 만한 준비가 되어 있었다.

그러나 그 무시무시한 소리 — 비몽사몽간에 내 귀에 폭탄이 터지거나, 거대한 건물이 한순간 넘어진 듯 들리는 소리는 그저 개에게 쫓겨 도망쳐 온 고양이가 갑자기 부엌 선반에 뛰어오르려고 하다가 접시랑 사발이 굴러떨어져 깨진 소리일 뿐이었다. "뭐야, 시시하게!" 무슨 소리인지 알게 되자 이내 실망했다. 그래서 일단 들어 올린 고개를 그대로 도로 베개에 뉘었다.

하지만 내 마음은 방금 전 경험한 심신의 긴장으로 내가 생존할 수 있을 만큼의 힘을 갖추고 있다는 것을 좀 더 명확하게 알게 되어서 기뻤으므로 여느 때와 달리 밝았다. 매일매일 반복되는 의욕 없는 아침을 대신해서 어쨌든 일상에서 벗어난 방식으로 잠에서 깨어났다는 것도 어느 정도 마음을 밝게 했다. 그래서 그 때

아닌 사건도 아직 아무 생각도 떠오르지 않는, 막 눈을 뜬 깨끗한 마음에는 내 살림의 하나의 재난으로 여기기 전, 먼저 한바탕 희극으로 여겨졌다. 부엌에서 들려오는 어머니와 아내의 뭐라고 하는지 알 수 없는 고양이를 꾸짖는 소리가 진지할수록, 이치에 맞을수록 그것을 듣는 나의 재미는 더해갔다. 나는 두 번 세 번 소리 높여 웃고 싶어졌다.

그러자 문득 아까 같은 소리를 한번 더 듣고 싶다는 바람이 내 마음에서 솟아났다. 물건을 부수는 소리의 상쾌함, 물건을 부수는 마음의 상쾌함이란 며칠이나 비가 내린 후의 햇살처럼 신선하게 머릿속에 스며들어왔다. 서너 개의 사례가 곧장 연상되었다. 그중에서도 특히 벌써 칠팔 년도 전에 아직 마개를 따지 않은 맥주병을 툇마루에서 마당의 징검돌에 내리쳤던 때가 선명하게 떠올랐다. 맥주는 갑자기 가해진 강한 압력 때문에 폭발해서 펑 아니면 쾅 하는 분간하기 어려운 강하고 짧은 음향과 함께 마당 한 면에 확 하고 새하얗게 보였다가 흩어졌다. 그러고는 쉬 하는 거품이 꺼지는 상쾌한 소리가 났다. 그때만큼 상쾌한 기분을 내가 그 뒤로 느낀 적이 있었던가?

파괴! 파괴! 이렇게 나는 앞으로 눈싸움이라도 하려는 소년인 듯한 기분으로 마음속으로 외쳤다.

그러나 어느 정도 지나서 나를 깨우러 온 아내와 아이에게 맥없이 대답조차 못 한 채, 천장을 보고 누운 채 입을 다물고 눈은 아플 정도로 강하게 치켜뜨고서는 여느 때처럼 괴로운 싸움을 머릿속에서 해야만 했다. 파괴! 내 주위의 모든 인습과 관습의 파괴! 내가 이것을 꿈꾼 지 벌써 몇 년이 될까? 온전히 모든 것을 파괴해서 나 자신의 새로운 생활을 시작하자! 이 결심을 나는 벌써 몇 번이나 거듭했던가? 그러나 허우적거릴수록 발버둥 칠수록 나의 발은 점점 깊은 늪 속으로 빠져들어 갔다. 그래서 이제는 아무리 해도 떠오를 수 없다고 스스로 생각할 만큼 깊게 깊게 그 속에 가라앉아버렸다. 그럼에도 불구하고 나는 아직 나의 상쾌한 꿈을 온전히 단념하지 못하고 있었다.

마침내 나는 다른 모든 것을 파괴하는 대신에 큰마음 먹고 병들어 쇠약한 내 몸을 파괴하기로 생각하기에 이르렀다. 나의 괴로운 생각은 언제나 어딘가에서 결말이 난다. 나는 여느 때와 같은 어두운 표정을 하고서는 병상에서 느릿느릿 기어 나왔다.

『전집4－병실에서病室より』에서

이 책은 근대기 일본의 대표적인 문인이자 가인歌人 이시카와 다쿠보쿠石川啄木, 1886~1912의 대표적인 단카短歌집인 『한 줌의 모래一握の砂』1910와 『슬픈 장난감悲しき玩具』1912에서 이백 수, 단카집에 수습하지 못한 그의 초기 단카短歌 칠십 수를 중심으로 삼고, 그 외 『동경あこがれ』1905 등 시집, 전집의 현대시 몇 편과 산문까지 가려 뽑아 더한 일종의 선집이다. 알려진 것처럼 하이쿠俳句와 더불어 일본을 대표하는 전래 시가인 단카는 5·7·5·7·7조의 모두 서른한 자 안팎으로 이루어진 정형시이다. 또 이시카와 다쿠보쿠는 근대기 일본을 대표하는 단카 시인이다.

이시카와 다쿠보쿠는 스님의 사생아로 태어나 나중에서야 겨우 아버지의 성을 따를 수 있었다. 어릴 때부터 명석했던 그는 중학교는 대처 모리오카盛岡까지 가서 다녔지만, 일찌감치 이성 교제며 문학에 눈을 떴던 탓에 학업을 내팽개친 나머지, 졸업을 불과 한 학기를 남기고 1902년 열일곱의 나이에 학교를 그만두어 버렸다. 그러고는 가족과 고향을 떠나 객지 도쿄東京에서 문인으로 입신하고자 동분서주했다. 첫 시집 『동경あこがれ』1905은 그런대로 호평을 얻었지만 그의 시와 소설은 이렇다 할 반응도 얻지 못했다. 결국 이시카와 다쿠보쿠는 그토록 원했던 문명도 얻지 못한 채 일단 낙향했다.

이시카와 다쿠보쿠는 스무 살이던 1905년 이미 가정을 꾸렸지만 중학교도 졸업하지 못한 학력으로 변변한 직업을 얻기도 어려웠던 데다가 오로지 글쓰기만으로 생계를 잇고 가족을 부양하기 어려웠다. 그는 임시 교원, 지방 신문 기자 등 여러 직업을 전전하면서 그야말로 동가식서가숙東家食西家宿을 하고 살았지만 문학에 대한 열정을 버리지 못했다.

그러다가 스물네 살이 되던 1909년에야 이시카와 다쿠보쿠는 도쿄아사히신문東京朝日新聞에서 교정원, 편집자로서 겨우 안정된 일자리를 얻었다. 하지만 그는 그런 직장 생활에도 성실하지 못했고, 하숙비를 제대로 못 내면서도 방탕, 사치, 낭비벽을 고치지 못했으며, 지인들에게 평생 갚지도 못할 신세를 지고 살았다. 당연히 가족도 제대로 부양하지 못했다.

안타깝게도 이시카와 다쿠보쿠는 생전에는 문인으로서 영화를 그리 오래 누리지도 못했다. 이시카와 다쿠보쿠는 시, 소설은 물론 평론 등 그야말로 전방위적인 창작 활동을 했지만, 회심의 시와 소설은 한 시대를 풍미할 만한 걸작으로 인정받지는 못했다. 더구나 이시카와 다쿠보쿠는 복막염과 결핵 등의 질병, 그로 인한 실직, 스스로 일으킨 잡지사의 파산과 가난으로 고생하다가 겨우 스물일곱의 나이로 빚더미만 남긴 채 세상을 떠나고 말았다.

한 세기 정도 이전에 살다 간 이시카와 다쿠보쿠에게 문인으로서 글쓰기의 본령이자, 훗날에는 생계를 위한 재화의 수단이었던 것이 바로 단카이고, 또 두 권의 단카집이다. 여기에 이시카와 다쿠보쿠가 겪은, 가파르고 굽이진 삶과 희로애락이 고스란히 담겨 있다. 이시카와 다쿠보쿠의 작풍을 두고 일쑤 생활파라고 명명하는 것도 바로 그런 이유이다. 그중에는 이시카와 다쿠보쿠의 삶을 이해해야 비로소 그 뜻이 분명해지는 작품도 분명히 있다. 그러나 그런 이해와 상관없이 오늘날 이곳에서 살아가는 사람들의 심금을 울리는 작품도 얼마든지 있다.

물론 이시카와 다쿠보쿠 같은 이는, 그와 같은 삶은 오늘날로서 좀처럼 상상하기 힘들다. 하지만 이시카와 다쿠보쿠만큼은 아니더라도 단단하지만은 않은, 도리어 날마다 무너져만 가는 살림이며 세상의 삶이란 오늘날을 사는 사람도 마찬가지이다. 어쩌면 그것은 사람의 숙명 같은 것일지도 모른다. 또 단카라는 서른한 자로 이루어진 운문은 글쓴이의 정서를 지극히 절제하여 나타내는 갈래이고, 그렇게 함축된 정서는 단지 일본만이 아니라 인간 보편의 것으로서 시공간의 경계를 가로지르는 힘을 지녔다. 사람으로 태어나 그 무게를 견디고 살면서 때로는 잠 못 드는 밤이면 눈을 감고 나지막이 불어 보는 휘파람 같은 것이 바로 이시카와 다쿠보쿠의 시가라는 것이 나의 생각이다.

그래서 나는 이시카와 다쿠보쿠의 단카를 비롯한 시가 중 작품의 배경, 시대의 차이와 상관없이 오늘날에도 음미할 만한 것들을 가려내어, 주제에 따라 묶었다. 내가 아홉 가지 주제幻·世·戀·人·家·生·心·旅·季로 구분해 본 정서가 바로 그것이다. 이에 따라 주제와 정서가 서로 통한다면 같은 단카집의 다른 장이나 다른 가집의 작품들끼리라도 한데 나란히 이어 놓았다. 나로서는 이렇게 이어 읽으면 이름 그대로 짧은 노래인 단카의 서른한 자의 시가에서 우러나는 여운을 좀 더 풍부하게 음미할 수 있으리라 여겼기 때문이다.

또 이 책의 중심인 단카 이외에도 그가 남긴 현대시 몇 편, 그의 산문 몇 편도 더해 넣었다. 현대시는 그의 단카의 연장선에서 읽을 그의 대표작들을 중심으로 골랐다. 산문은 예술과 문학, 인간과 인생에 대한 생각을 엿볼 수 있는 평론과 수필 중에서 발표 당시의 맥락과 무관하게 읽을 만한 것들을 가려 뽑았다. 그중에는 원래의 글이 산만하고 장황해서 글의 핵심이거나, 따로 떼어 읽어도 좋을 부분만을 옮겨 놓은 것도 있다.

이미 이시카와 다쿠보쿠의 시가집은 여러 차례 번역되었고, 그중 하나라도 읽은 독자라면 이 책의 구성이 의아할 수도 있겠다. 우선 이것은 전공자가 아닌 독자로서 내가 오랫동안 이시카와 다쿠보쿠의 작품 중 마음에 남아 적어둔 것을 따랐기 때문이다. 또 한 세기도 더 전 일본에서 살다 세상을 떠난 이시카와 다쿠보쿠의 정서, 단카라는 유서 깊고 엄격한 관습을 존중하되, 오늘날의 새로운 생명을 이렇게 불어넣고 싶었기 때문이다.

백 년 전 일본의 운문이 주는 이 위안이며, 그것을 담은 단카의 형식을 고스란히 한국어로 옮길 수 있다면 좋으련만, 일본어와 한국어의 차이로 인해 그런 일은 여간 어렵지 않다. 다행히 서른한 자로 옮길 수 있는 경우도 있었지만, 그럴 수 없는 때에는 비록 작품마다 다르기는 해도 비슷한 수의 글자가 반복되는 가지

련한 형태로 옮겼다. 그래서 소리를 내어 읽다 보면 그 나름의 리듬을 맛보리라 본다.

나의 번역이며, 구성이 이시카와 다쿠보쿠의 시집과 단카집들의 본모습과 전혀 다르더라도 이 역시 이 책에 수록한 그의 산문「단카에 대한 단상歌のいろいろ」의 취지와도 맞다고 본다. 이시카와 다쿠보쿠에 따르면 일상에서 나타났다 사라지는 찰나의 감정을 담는 것이, 백 년 전 남의 나라의 운문을 위해서가 아니라 오늘날 우리를 위해 쓰고 읽는 것이 단카의 본질이다. 그렇다면 나의 방법도 저세상의 이시카와 다쿠보쿠가 얼마든지 용인하리라 본다. 또 독자도 납득하리라 믿는다. 다만 그 가운데 잘못이 있다면 나를 탓하기 바란다.

작품 찾아보기

ㄷ

ㅁ

ㅂ